KB109836

아름답게
늙어 가기

아름답게 늙어 가기

발행일	2015년 11월 16일		
지은이	남 홍 섭		
펴낸이	손 형 국		
펴낸곳	(주)북랩		
편집인	선일영	편집	서대종, 김아름, 권유선, 김성신
디자인	이현수, 신혜림, 윤미리내, 임혜수	제작	박기성, 황동현, 구성우
마케팅	김회란, 박진관		
출판등록	2004. 12. 1(제2012-000051호)		
주소	서울시 금천구 가산디지털 1로 168, 우림라이온스밸리 B동 B113, 114호		
홈페이지	www.book.co.kr		
전화번호	(02)2026-5777	팩스	(02)2026-5747
ISBN	979-11-5585-818-9 03810(종이책)		979-11-5585-819-6 05810(전자책)

이 도서의 국립중앙도서관 출판예정도서목록(CIP)은 서지정보유통지원시스템 홈페이지(http://seoji.nl.go.kr)와
국가자료공동목록시스템(http://www.nl.go.kr/kolisnet)에서 이용하실 수 있습니다.
(CIP제어번호 : CIP2015031120)

성공한 사람들은 예외없이 기개가 남다르다고 합니다.
어려움에도 꺾이지 않았던 당신의 의기를 책에 담아보지 않으시렵니까?
책으로 펴내고 싶은 원고를 메일(book@book.co.kr)로 보내주세요.
성공출판의 파트너 북랩이 함께하겠습니다.

노화老化가 아닌 노화老花를 위하여

아름답게 늙어 가기

남홍섭 지음

북랩 book Lab

목차

1 노인은 어떤 사람인가

2 습관의 재발견

제1장 ≫

노인은 어떤 사람인가

조선시대 왕들의 평균수명은 46~47세. 맛있는 음식은 전국 방방곡곡에서 진상 받아 먹고, 주치의를 궁궐 내에 두고 보약을 시시때때로 챙겨 먹고, 힘들고 더러운 일은 아랫사람들에게 다 떠넘기고, 세상에 부러울 것 없이 편하게 살았을 텐데 오십을 넘기지 못했다. 건강에 좋다는 약초를 찾아 깊은 산속 골짜기를 수없이 헤맸을 테고 혹시나 다칠세라 수많은 사람이 지켜보았을 텐데 고작 오십이다.

　　같은 시대 일반 국민의 평균수명은 35세 정도로 본다. 지금 기준으로 본다면 어렵게 대기업에 입사해서 신입 사원 티를 벗을까 하는 나이에 벌써 세상과 이별하는 거다. 태어난 지 얼마 되지 않은 영유아의 사망도 많았겠지만 그렇다 하더라도 35세는, 꽃다운 나이임에는 분명하고 영원히 눈을 감기에는 너무나 아쉬운 나이이다. 21세기에 들어선 지금 우리의 평균수명은 80세를 넘겼고, 2030년이면 90세를 바라보고, 장차 100세를 노래하고 있다.

요즘 환갑의 나이로는 노인 명함도 못 내민다. 어떤 경로당에서는 가입 연령을 80세 이상으로 정하기도 하고, 좀 심한 곳은 85세로 정하기도 한다. 지하철 경로석에서도 65세 이하는 앉을 권리가 없다고 쫓겨난다. 평균수명이 35세 정도였던 시절에는 몇 살을 노인으로 보았을까? 40세를 노인이라 칭했다면 너무 새파란 나이 아닌가. 불러주는 사람도 듣는 사람도 좀 민망하지 않았을까.

　세상이 좋아졌다고 해야 할까? 정말 오래 살게 되는 세상이 열린 것임은 틀림없다. 살아가는 햇수가 늘었으니 노인을 보는 기준 또 노인이 생각하는 관념도 좀 달라져야 하지 않을까.

노년은
갑자기 다가온다

내가 어렸을 때 할머니는 50대 초반이었다. 그때부터 할머니는 늘 노인으로 생각되었고 그리고도 40년 가까이 더 사시다가 90세에 돌아가셨다. 50세라면 얼굴에 주름살도 적고 살결도 좀 더 탱탱했을 테지만 어린애의 눈에는 노인으로 보였다. 40년이 지나 90세라면 신체의 각 부분이 노화되어 주름도 많아지고 허리도 꼿꼿이 펴기 힘들고 걸음걸이도 느려져서 완연히 노인의 모습이 나타난다. 나이를 더 먹은 지금의 내 눈에 보이는 할머니는 50세의 할머니나 90세의 할머니가 거의 같은 노인으로 연상된다. 할머니 자신은 언제부터 스스로 노인이라고 생각하셨을까.

다행히도 할머니는 건강하게 사시다가 건강하게 돌아가셨다. 돌아가시기 전날까지 저녁 식사도 잘하시고 잠자리도 직접 펴시고 편히 주무시면서 고요히 하늘나라의 길로 방향을 잡으셨다. 그러니 건강하게 돌아가셨다고 표현해도 될 듯하다.

그러나 이런 경우는 정말 드물다. 쉽게 얘기해서 복이 많은 경우다. 살아있는 동안에 질병으로 고생하거나 병치레로 병원을 들락거리면서 가족들에게 고생을 끼치지 않고 편안히 여생을 마칠 수 있다면, 스스로 노인이라는 자각을 덜 할지도 모른다. 먹고 싶은 음식을 마음대로 먹을 수 있고, 좀 느리지만 걸어서 돌아다닐 수 있고, 친구나 이웃과 즐거운 얘기를 나눌 수 있다면, 나이가 많아서 노인으로 불리더라도 스스로는 노인이라는 느낌이 적게 들 거다.

　보통의 사람들에게는 노년이 갑자기 다가온다. 어느 날 길을 가다가 쓰러져서 병원에 실려 간다든지, 건강검진 받으러 병원에 갔다가 몸속 어딘가에 종양이 발견된다든지 또는 사업이나 자식의 일로 심적인 충격을 크게 받는다든지 하게 되면 체력이 급속히 떨어진다. 마음도 약해지고 정신도 혼미해질 수 있다. 주름, 살결, 머리칼 등 외관으로 나타나는 모습도 빠른 속도로 변화한다.

　이전의 건강했던 상태로 돌리기 위해 부단한 노력을 하겠지만 마음만큼 되지는 않는다. 젊음이 왕성했던 때에는 금방이라도 툴툴 털고 일어섰겠지만, 나이 들어서 신체 상태를 회복하기란 너무도 어렵다. 병원 다니랴, 영험한 곳을 찾아다니랴, 좋다는 약을 찾아다니랴 하다가 마음이 먼저 지쳐 간다.

　이러다 어느 순간 '아, 정말 힘드네.', '몸이 말을 안 듣네.', '내가 정말 늙었나 봐.'라는 말이 절로 나오면서 진짜 노인이 되었음을 자각하게 된다.

평소 잘 알고 지내는 사람 중의 한 사람이 있다. 젊은 시절에는 운동을 많이 했다. 유도를 오래 했고 학창시절에는 선수로도 활동했다. 몸 근육이 단단해서 가슴이나 허벅지를 치면 손이 튕겨 나오는 듯한 느낌이 들 정도로 탄탄했다. 몸무게는 95kg 정도를 유지했으며 20kg 쌀포대를 두 개씩 들고 다닐 만큼 힘이 장사였다. 그러던 그가 어느 날 집을 나서다 길에서 쓰러졌다. 119 구조대에 의해 병원으로 옮겨졌고 3일 만에 깨어났다. 결과는 순환기 장애로 인한 졸도. 이전부터 그는 술을 즐겼고 고혈압 증세가 있었다. 술을 즐기는 정도가 아니라 거의 폭음 수준이었다. 이때가 그의 60세 때다. 한 달간의 입원 치료를 마치고 퇴원했지만 4년이 지난 지금도 그는 입에 약을 달고 산다.

그사이 부인은 집을 나가 버렸다. 자식은 아들 하나였는데 그놈도 엄마와 함께 가 버리고 연락도 되지 않는다. 날씨가 춥고 바람이 부는 날에는 바깥에 나가기 겁난다고 한다. 머리가 어질어질하고 다리가 후들거려 걷기가 힘들단다. 비가 내릴 듯 우중충한 날도 마찬가지고, 눈발이 날리는 날도 그렇다.

한 마디로 쓰러진 날을 시점으로 그 이전과 이후의 삶은 하늘과 땅만큼이나 달라져 버렸다. 마음은 여전히 과거의 천하장사로 돌아가고 싶지만 몸은 어린애마냥 비실비실하다. 할 일은 태산이고 일을 해야만 살아갈 수 있을 텐데 그의 손발은 말을 듣지 않는다. 평균수명으로 본다면 아직도 팔팔해야 할 나이인데 이미 노년으로 접어든 것이다. 자기 의지와는 다르게 노년은 이렇게 갑자기 찾아온다.

오래 길들인
습관이 무섭다

사람은 태어나는 순간부터 습관에 길든다. 어릴 때부터 왼손을 자주 사용하는 사람은 왼손잡이가 되고 오른손을 많이 쓰다 보면 오른손잡이가 된다. 오른손으로 글 쓰고 숟가락을 잡아야 정상인이라는 생각은 무언가 잘못된 거다. 예전 한때에는 왼손으로 밥을 먹거나 연필을 잡으면 무슨 큰 죄를 지은 것처럼 어른들이나 학교 선생님으로부터 혼나기도 했지만 말이다. 책을 읽거나 글을 쓰는 게 모두 오른손잡이 위주로 되어 있어서 불편하지만 자연스럽게 그런 것들을 사용하는 왼손잡이도 더러 있다.

식당에서 식사를 한 후에 꼭 이쑤시개를 찾는 사람도 있다. 갈비를 뜯어야만 이를 쑤시는 게 아니라 라면을 먹고도 이쑤시개로 이를 후벼 파야 식사를 했다는 쾌감을 느끼는 거다.

버려진 음식물은 돼지 밥으로 쓰기도 했는데, 이럴 때 이쑤시개가 섞여 있으면 돼지가 다칠 수도 있으니까 언젠가부터 식당의 식탁 위에 이쑤시개를 비치하지 못하도록 했다. 그래도 꼭 이쑤시개를 찾는 사람이 있다. 습관으로 다진 뇌의 감각이 여전히 같은 행동을 하도록 지령을 내리는 거다. 계속하던 행동을 안 하게 되면 무언가 끝을 보지 못한 것 같은 허전함을 느끼게 하는 거다. 그래도 이 정도의 습관은 자기 자신에게나 남에게 크게 해를 입히지 않으니까 그냥 넘어가 줄만 하다.

담배를 피우는 사람은 좀 묘하다. 담배를 피우지 않는 사람과는 담배를 대하는 태도가 완전히 다르다. 기호 식품이란 게 하고 싶을 때 하고, 하기 싫을 때 하지 않으면 그만 아닌가. 자기 의지하고는 상관없이, 뇌나 손가락이 담배 연기가 없이는 못 살겠다고 아우성을 피우는 건가, 목구멍이 담배 연기로 소독해 주지 않으면 자살하겠다고 난리를 피우는 건가.

담배 피우는 사람이 금연하겠다고 결심하고 3일 넘기기가 어렵단다. 의지가 행동을 통제하지 못하는 거다. 왜 그게 안 될까. 비흡연자로서는 이해가 안 된다.

지난해 말, 담배 가격을 2,000원 올리겠다고 하니 외국산 담배 구하는 데 혈안이 된 사람을 여럿 보았다. 일시적으로 외국산 담배가격은 2,300~2,500원으로 묶여 있어서 그걸 구하러 이 동네, 저 동네의 편의점을 뒤지는 거였다.

며칠 후 그것조차 가격 인상이 되자 그들은 담배꽁초를 주워서 깡통에다 남은 담배 가루를 뜯어 모았다. 종이에 말아서 피우기 위해 말이다. 인상된 가격으로 계속 피우자니 용돈이 부족해지지만 끊을 수는 없는 거다. 이 정도면 '담배 찾아 삼만리'란 표현이 적절하다.

자칭 애주가도 비슷하다. 지인 중에 한 사람은 평소에 손을 잘 떤다. 약할 때는 손가락만 떨다가 좀 심할 때는 손목 위까지 덜덜 떠는 경우도 있다. 이럴 때는 술을 찾는다. 술자리에 앉으면 안주가 나오기도 전에 소주 두세 잔을 털어 넣는다. 그러면 희한하게도 손 떠는 게 사라진다.

육체가 술이 필요할 때를 알려주면 이성과 지성은 그 순간부터 마비된다. 알코올이 몸의 구석구석을 돌아가면서 내가 왔음을 알려줘야 이성과 지성도 살아난다. 술도 시작은 기호 식품이었을 텐데 왜 술이 몸을 지배할 때까지 술을 적당한 선에서 끝내는 방법은 터득하지 않았을까. 이유를 들어보면 구구절절하다. 다 변명과 자기위장에 불과하지만.

습관은 중독을 부른다. 중독이 됐음을 알아차렸을 때는 이미 멈추는 것이 어렵다. 그래도 멈추는 사람은 있다. 대단한 의지를 갖지 않으면 안 된다. 바늘로 바위를 뚫겠다는 결심이 있어야 한다.

나이가 계급이다

어느 날 지하철을 탔는데 경로석에 나이 든 세 사람이 앉아서 얘기하고 있었다. 잠시 있으니 소리가 점점 커져 듣고 있기가 고통스러울 정도로 큰 소리로 변했다. 몇 정거장을 지나도 그칠 줄을 모른다. 가까이 서 있던 사람들은 먼 곳으로 피해 가고 주변 사람들이 힐끔힐끔 쳐다보기도 한다. 당사자들도 '아, 우리가 좀 시끄러운 건가.' 하고 알아차릴 만도 한데 전혀 태도에 변화가 없다. 오히려 당당하게 권리를 행사하고 있는 것 같다.

'우리가 누군데.'라는 느낌. '감히 너희가 우리를?' 하고 무시하는 듯한 느낌. 나이가 들면 좀 뻔뻔해지는 걸까? 그렇다면 얼마나 나이가 들면 저렇게 뻔뻔해질 수 있는 걸까? 모든 식물은 익으면 고개를 숙인다. 자연의 이치를 더 많이 알게 될수록 겸허해지는 게 순리가 아닌가. 얘기를 들어보면 중요한 것도 없다. 그렇게 급한 사항도 아니다. 밑도 끝도 없는 '다람쥐 쳇바퀴 도는' 얘기다. '내가 젊을 때는 말이야.', '내가 군대에 있을 때는 …….', '남자가 말이야…….' 혹시라도 자기보다 나이 적은 사람이 조용히 해달라고 하면 나이라는 계급장으로 윽박지를 태세다.

한 번은 젊은 여자가 경로석 부근에서 전화 통화를 하게 되었다. 몇 정거장이 지나도록 전화를 끊지 않았다. 목소리가 그리 크지는 않았지만 옆 사람 앞사람에게 들릴 정도는 되었다.

한참 후 경로석에 앉아 있던 사람이 갑자기 "그런 전화는 집에 가서 하지, 다른 사람도 많은데 시끄럽게 계속 통화를 해." 하고 화를 냈다.

"죄송해요. 소리를 작게 한다고 했는데……"

"다 들리잖아, 시끄럽게."

애초부터 대화를 기대하지 않았다. 상대의 의견을 들어 보려는 것이 아니라 훈계를 하고 이 기회에 버릇을 고쳐 놓겠다는 태도다. 나이를 많이 먹은 사람은 기분 내키는 대로 살아도 되지만 너희는 좀 조심해서 행동해라, 우리 살아가는 데 번잡스럽고 신경 거슬리게 하지 마라, 뭐 이런 자세다.

노인이 너그럽다는 생각은 편견이다. 노인에게 너그러워져 달라고 요구할 수도 없다. 좋은 인성을 강제로 주입할 수는 없다. 스스로 깨달아야 하는데 불행히도 더 젊은 사람만 만나면 훈계부터 하려는 노인이 많다. 훈계란 남을 위해서보다는 자기 자신에게 쓰여야 더욱 훌륭한 빛을 발하는데도.

철없는 노인은
보기 흉하다

　지나간 세월은 어찌 그리 아름다울까. 과거를 그리워하고 목말라하는 건 과거가 화려했다거나 그때가 정말로 좋았다기보다는 현재가 너무 비참하다거나 희망이 없어 보인다는 게 아닐까. 지난 시절에도 분명히 힘들고 고달팠던 시기가 많이 있었을 것이다. 눈물을 흘리며 하루하루를 버텼던 날들 말이다.

　어떤 길이든 매끈하게 다듬어진 평지만 있는 건 아니다. 굴곡이 있고 휘어진 모퉁이도 있는 게 심신의 자극도 되고 지루하지도 않다. 먼 길을 가는데 곧은 길만 가는 것보다는 이렇게 변화가 있는 길을 걷는 게 더 재미가 있고 눈과 가슴, 다리에 활력을 준다. 문제는 먼 길을 걸어서 힘이 들어 죽겠다는 생각을 하기보다는 움푹 패이거나 비탈진 변화를 즐기며 마음의 여유를 갖고 전진해 가는 것이다. 긴 세월을 살아온 사람들 중에는 과거에 매몰 되어 있는 사람들이 많다.

　지인 중에 '한때 잘나갔던' 사람이 있다. 젊은 시절에 공장 경영을 하면서 사장님 소리를 듣고, 고향에서 소문 듣고 찾아오는 친구 선후배들이라도 있으면 대접도 섭섭지 않게 해 주었다. 고향의 지인들 사이에서는 잘나가는 사람으로 통했다.

그러다가 사업이 궁지에 몰리면서 부도가 나고 공장도 문을 닫았다. 50대 중반에 있던 재산 다 털고 빈손으로 돌아서자 몸과 마음이 급속히 늙어 버렸다. 그때부터 십여 년이 흘렀지만 지금도 그의 레퍼토리는 변하지 않았다. 전직 국회의원 아무개 씨가 자기 형의 친구였다고, 전직 국가기관장 아무개 씨는 자기 고향 출신인데…… 누구는 자기 중학교 몇 년 선배인데…… 이런 얘기. 그 전직 아무개 씨들의 친척이며 동창, 사돈의 팔촌까지 두루 꿰어서 알사탕처럼 굴러 나온다.

십 년 전의 얘기나 5년 전의 얘기나 지금의 얘기나 변한 게 별로 없다. 시간은 많이 흘러갔고 스스로 나이도 먹어 갔고, 바뀐 게 너무나 많은데도 정신 속에 들어 있는 이야기 자루는 커지지도 않고 줄어들지도 않고 그냥 그대로다.

얘기를 들어주는 사람은 피곤하다. 즐거운 노래도 자꾸 들으면 지겨운데 똑같은 얘기를 계속 들어 주어야 하는 건 보통 고역이 아니다. 말머리를 다른 데로 돌려 얘기를 하다 보면 어느새 말꼬투리 한 마디를 잡고는 또 예전의 레퍼토리로 돌아간다. 힘깨나 쓰던 사람을 알고 있다고, 그들과 줄로 줄로 이어가다 보면 어딘가에서 연이 닿는 곳이 있다고. 그걸 내세우고 싶은 걸까. 그런 사람을 들먹이면 제 얼굴에도 덩달아 값어치가 매겨진다고 생각하는 걸까. 값어치가 매겨질 수는 있다. 점점 더 쓸모 없어지는 값어치로⋯⋯. 나이를 먹었다는 건 단순히 오래 살았다는 의미만을 갖는 게 아니다. 생각이 더 깊어졌다는 것, 마음이 더 깊어졌다는 것이 어우러져야 한다.

실패에 맞설
용기가 없다

젊음의 특권은 용기가 왕성한 것이다. 가진 것이 없어도 도전할 수 있는 용기, 불의를 보고 참을 수 없는 용기, 남을 위해서 희생할 수 있는 용기, 힘들고 어렵다는 걸 알면서도 부딪쳐 볼 수 있는 용기. 이러한 용기는 어디서 나오는 걸까. 젊다는 말에는 '싱싱하다, 순수하다, 겁이 없다'는 의미가 내포되어 있다. 육체적인 현상도 중요하지만 정신적인 자세가 더 중요하다. 설령 햇수로 채워진 나이가 적더라도 젊음을 나타내 주는 정신적인 자세가 없으면 젊다고 인정해 주기 어렵다.

그러면 나이가 점점 더 들어 노년에 가까울수록 예전에 가졌던 용기는 다 사라져 버리는 걸까. 세상을 살다 보니 몸도 여기저기 상한 데가 생기고 마음도 이리저리 부딪쳐 가슴에 멍이 들고 의지대로 일은 풀려 가지 않으니 지레 마음이 쪼그라들어 버린 거다. 육체적인 부담이 문제가 아니라 마음속의 포기나 두려움이 먼저 노화를 부르는 것이다.

젊었던 시절에는 가진 게 많아서 새로운 일에 도전했던 게 아니다. 가진 게 없었어도 할 수 있다는 용기로 부딪쳐 나갔다. 평균수명이 길어진 지금의 시대에는 50대, 60대도 청춘이다. 앞으로도 30년~40년을 더 살아야 한다. 평균수명이 짧았던 시대에 30년 40년을 더 산다는 생각을 해 보면 이 시간은 엄청나게 긴 시간이다. 청춘의 시간이 그만큼 매우 길어진 것이다.

불행하게도, 육체의 수명은 길어졌지만 용기의 수명은 그에 따라가지 못하고 있다. 스스로 두려움에 빠지고 무력감에 젖어들어 무료하고 소득 없는 생활을 하는 것이다. '가진 것이 없어서 아무것도 할 수 있는 게 없다고 하는 사람이 많다. 그렇지만 젊었을 때를 되돌아보아라. 그때는 맨주먹으로도 무엇인가를 시작하지 않았던가. 지금 가진 것이 없지만, 그래도 그때보다는 조금이라도 더 가지고 있지 않은가. 지금 가진 이 작은 걸 놓칠까 봐 더 큰 꿈과 희망을 놓치고 있다.

살아오면서 겪었던 어려움과 좌절에 대한 생각이, 그동안 성취해 보았던 경험보다 더 크게 작동하고 있어서다. 보고 들은 게 많아서 작은 일로는 욕심에 차지 않기 때문에 자기 능력으로 감당 되지 않을 일만 쳐다보고 있어서다. 이런 사람일수록 부정적인 사고에 능숙하다. '무엇 때문에 안 된다'는 논리에만 박식하다. 안 되는 이유를 꿰뚫고 있어서 도전할 수 있는 용기가 들어설 자리가 없다. 작은 욕심으로도 만족하면 된다. 작은 일에서도 재미를 찾으면 된다. 옆 사람의 눈을 의식하지 않으면 된다. 그럴 수 있을 정도의 연륜은 쌓이지 않았는가.

변화를 두려워한다

　인류의 역사는 변화의 역사다. 환경의 변화에 적응하기 위해서, 더 편리한 생활을 영위해 나가기 위해서 진화해 온 것이 오늘날의 우리 모습이다. 40만 년 전에서 25만 년 전 무렵에 살았다는 인류의 초기 모습은, 오늘날의 인간보다는 오히려 원숭이에 더 가까운 모습이다.

　구석기시대에 이르러서 손을 사용하는 사람이 나타났고(호모 하빌리스), 다음에 곧바로 서는 사람이 나타났고(호모 에렉투스), 그리고 지혜가 있는 사람—머리를 쓰는 사람(호모 사피엔스)이 나타났다. 학창 시절 세계사 시간에 배웠던 크로마뇽인이 곧 지혜를 쓰는 인류의 초기 진화인이다.

　수만 년의 긴 세월 동안 기후의 변화가 극심했고, 인류는 살아 가기 위해 삶의 터전을 옮겨 가며 환경에 적응하려 스스로 진화를 거듭해 왔다. 결국, 변화에 따라가지 못한다는 것은 도태되는 것을 의미한다.

　변화의 속도는 엄청나게 빨라졌다. 과거 수백, 수십 년 사이에 일어났던 변화의 질이 현대에 들어와서는 거의 몇 년 사이에 이루어질 만큼 빠르게 변하고 있다. 새로운 기계는 끊임없이 만들어지고 사고해야 할 영역은 끝도 없이 확장되고 있다.

머리를 써야 할 곳이 많아지니 생각만 해도 피곤할 법도 하다. 나이가 들어 두뇌의 회전속도는 점차 느려지는데 새로운 지식은 더 빨리 습득해야 하니 몸이 피로감을 느낀다. 눈에 보이는 물질의 형태만 바뀌는 것이 아니다. 사회를 규정하는 질서도 바뀌고 인간을 얽어매는 규정도 바뀌고 살아가는 방식도 새롭게 계속 생겨난다. 두뇌를 쓰지 않고는 변화를 따라가기가 어렵다. 그러니 새로운 변화가 생겨서 머리 아픈 거보다는 현재의 상태가 그대로 유지되어 좀 편하게 지내고 싶어진다. 그러나 인류가 생존하는 한 문명의 발전은 끊임없이 이루어질 것이며, 그에 따라 새로운 기계는 계속 만들어지고, 새로운 사용 법칙도 수반할 것이다.

미국 워싱턴대학의 게놈 연구원인 앨런 콴 박사가 게놈 분석을 통하여 10만 년 후의 인류의 진화 예상을 한 것을 보면 재미있다. 2만 년 후에는 사람의 뇌가 커지고 머리도 커진다. 따라서 이마도 더 넓어진다. 6만 년 후에는 태양의 조광 환경에 따라 눈이 커진다. 오존층 파괴로 인해 유해 자외선의 영향을 완화하기 위해 피부 색깔은 점차 어두워진다. 중력의 저하로 인해 눈꺼풀이 무거워진다. 10만 년 후에는 눈이 거대해진다. 코는 똑바로 커진다. 우주선의 영향으로부터 눈을 보호하기 위해 눈의 깜박임 횟수가 늘어난다.

사소한 일에
권위를 내세운다

학교 옆에 붙어 있는 자그마한 공원에 사람들이 옹기종기 모여 있다. 머리카락이 희끗희끗한 사람도 있고, 얼굴에 주름이 골고루 잡혀서 세월의 흔적이 보이는 사람도 있고, 쉰 목소리에 바람이 갈라지듯 말을 뱉는 사람도 있다.

어느 정도 세상 물정도 알 만큼 살아온 것 같고 삶의 이치도 깨달았을 만큼 연륜이 배인 듯하다. 그런데 티격태격하더니 목소리가 커진다.

"너 몇 살이야."

"민증 까 보자."

아마 몇 살 적어 보이는 사람의 말투가 마음에 들지 않았나 보다. 아니면 자기 의견에 동조하지 않고 어깃장을 놓거나 했나 보다. 그래도 그렇지, 그만한 일에 나이를 들먹일 건 뭔가. 상대가 거짓말을 할지도 모르니까 주민등록증으로 확인을 해 보자는 건가. 좀 한심한 생각이 든다. 그 나이 되도록 살아오면서 내

세울 거라곤 나이밖에 없다는 건가. 어릴 때는 한 살 차이도 형 아우로 부른다. 몸집도 차이가 나고 사고 수준도 차이가 난다. 육십이 넘어서는, 한 살 차이는 차이도 아니다. 예로부터 '환갑에 다섯 살 차이는 친구'라 하지 않았던가.

오히려 나이 차이가 스무 살이 나더라도 친구처럼 지내는 사람을 보면 존경스럽기까지 하다. 그런 사람일수록 마음도 행동도 사려 깊다. 다른 사람들로 하여금 저절로 고개를 숙이게 한다. 나이 몇 살 많다고 나잇값으로 권위를 세우려고 하는 것만큼 졸렬한 것이 또 있을까. 권위란 나이나 힘에서 오는 것이 아니라 그 사람의 인품에서 오는 것이다.

사람 관계에서 대화가 안 되는 것은 불행한 일이다. 말로써 자기 뜻을 전달하고 남을 이해시키려고 하는 노력은 없이 권위나 관록으로 억누르려고 하는 것은 좀 치사하다. 이와 유사한 대화가 공사현장 주변에서 잘 들린다.

"너 이 일 몇 년 했어."

"나 말이야, 30년 했어."

같은 일을 오래 했으면 당연히 기술이 좋아져야 한다. 기술이 좋으면 이런 말을 하지 않아도 남들이 인정해 주게 되어 있다. 굳이 이런 말을 해서 권위를 내세운다는 것은 그만큼 남들에게 인정받지 못하고 있다는 얘기다. 자신을 탓하고 반성해야 마땅하다.

그러나 많은 사람은 자기를 탓하는 데 인색하다. 자기의 허물이나 부족함은 잘 보지 못하고 다른 사람의 모자람은 잘 본다.

제2장 》

습관의 재발견

웃으며 살자

우리나라 사람들은 좀 무뚝뚝하다. 특히 남자들이 더 그렇다. 괜히 근엄하고 엄숙한 분위기를 풍기려고 한다. 예전부터 내려온 유교적인 풍습이 몸에 밴 걸까? 남자가 말이 많으면 '채신머리없다'고 하기도 하고 잘 웃으면 '경망스럽다'고 하기도 했다. 그러니 좀 무게 있는 사람으로 보이게 하려고 잘 웃지 않는다. 이게 습관화되면 웃는 감각도 무디어지고 웃는 근육도 발달하지 못해서 얼굴이 무표정하게 바뀌어 버린다.

직장생활에서도 직책이 올라갈수록 잘 웃지 않는다. 높은 자리에 있는 사람이 잘 웃으면 품위가 떨어지기라도 하는 것일까? 실상은 그 반대다. 여유 있게 웃는 모습, 밝게 미소 짓는 얼굴은 온화하고 편안한 느낌을 주고 다른 사람의 가슴을 따뜻하게 만들어 준다. 유교의 종주국인 중국 사람들도 잘 웃지 않고 표정 변화가 잘 없다. 유교 문화를 중국에서 우리나라를 거쳐 이어받은 일본 사람들은 우리보다 더 많이 웃는다. 역시 딱딱하고 엄숙한 문화가 좀 희석되어서 그런지도 모른다.

웃는 얼굴은 정말 보기 좋다. 다른 사람을 즐겁게 만든다. 주위 환경을 밝고 따뜻하게 만든다. 가장 중요한 것은 자기의 건강에도 매우 유익하다는 것이다. 협상 과정에서 어려운 문제에 부딪혔을 때, 거래 상대방과 심각한 문제에 직면했을 때, 웃음은 상대를 무장해제 시킬 수도 있다. 실제로 풀리지 않는 사건으로 협상 중일 때에는 협상장의 분위기도 침울하고 무거워서 먼저 말을 꺼내기 곤란할 때가 있다. 이럴 때 한 마디 유머와 함께 웃음을 유발한다면 분위기가 상당히 부드러워진다.

웃음의 효과는 무궁무진하다. 최근에는 웃음 치료도 등장했다. 웃음은 몸의 면역 기능을 강화해 주는데 이를 통해 암과 같은 질병의 치료도 가능하다는 것이다. 면역 기능이 튼튼해지면 암뿐만 아니라 모든 병원균이나 바이러스를 퇴치하는 힘을 키워준다. 그러니 질병을 예방해 주는 효과가 있다. 그 원리는 이렇다.

우리 몸에는 NK세포(자연 살해 세포)가 있다. NK세포는 암세포를 공격하여 살해하는 세포다. 스트레스를 많이 받거나 피로가 누적되면, 몸속의 NK세포는 줄어들고 웃거나 즐거운 상태에서는 늘어난다. NK세포가 늘어나서 활성도가 강화되면 암세포를 공격하는 군사의 숫자가 그만큼 더 늘어나고 암세포는 더 빠른 속도로 없어지는 것이다. 간단한 이치다. 그래서 많이 웃을수록 더 건강해진다. 사람이 질병에 노출되면 병원을 들락거려야 하고, 심하면 수술 치료를 하고 방사선치료도 받아야 하고, 항암제도 먹어야 한다. 자신의 몸이 힘든 건 물론이고 옆에서 지켜

보는 가족도 고생이다. 돈도 많이 든다. 돈이 모자라서 치료를 포기해야 하는 수도 있다.

그런데 이 모든 것을 한 방에 날릴 수 있는 게 웃음이다. 돈 들 일이 없다. 입만 조금 벌려 주면 된다. 잘 웃지 않으면 입가의 웃음 근육이 경직되어 점점 더 무표정하고 굳은 표정으로 되어 간다. 마음도 우울해질 수 있고 부정적인 사고가 늘어날 수 있다. 한 번 크게 웃어 보자. 웃음은 또 다른 웃음을 유발한다. '내가 왜 이렇게 웃고 있지?' 하는 생각에 또 웃게 된다. 내가 웃으면 다른 사람도 즐겁다. 내 몸이 편하고 건강해지고 다른 사람도 즐거우니 이 얼마나 좋은가.

웃음의 실행 방법

웃으며 즐겁게 살겠다는 의지를 갖출 필요가 있다. 굳은 얼굴보다는 미소 띤 얼굴이 얼마나 보기 좋은가. 나이 들어 인자한 모습을 갖고 싶으면 의식적으로 얼굴 근육을 부드럽게 풀어 줄 필요가 있다.

하나, 아침에 일어나서 세수할 때 거울을 보자. 거울에 비친 내 얼굴을 보고 미소를 지어 보자. 무덤덤했던 표정보다 미소를 지은 표정이 훨씬 정겹게 느껴질 것이다. 어색해 보인다면 그동안 너무 웃음없이 살아 왔다는 것이다. 일주일 정도 그렇게 하고 나면 이젠 웃는 내 모습이 자연스럽게 느껴질 것이다. 어쩌면 그동안 몰랐던 내 얼굴의 주름살을 보고 깜짝 놀라게 될지도 모른다. '내가 이렇게 나이를 먹었나.' 하고 새삼 깨닫게 될지도 모른다. 그러면 웃는 얼굴을 다시 비교해 보라. 전과 달라진 웃는 모습에 놀라게 될 수도 있다. 오랜 인생 경륜에 인자한 모습까지 갖춘 얼굴이 보일 것이다. 저녁에 퇴근해서 손발을 씻을 때도 역시 거울을 보고 미소를 지어 보자.

둘, 웃는 공부를 하자. 공부라 해서 지레 겁먹을 필요는 없다. 즐거운 상상을 해 보는 거다. 현실에서 일어날 가능성이 희박한 것이라도 좋다. 그저 즐겁게 꿈을 꾸는 거다. 내 마음속으로 꿈꾸는 건데 누가 뭐라 할 사람도 없다. 허황한 거라고 손가락질할 사람도 없다. 그렇게 하다 보면 슬며시 웃음이 나온다. '어라, 내가 이렇게 높은 자리에 왔어.' 또는 '내가 어떻게 이렇게 큰일을 했지.' 하는 공상 속에서 자신도 모르게 웃음이 나올 거다. 이렇게 웃음이 나온다는 건 몸이 먼저 알아차린다. 스트레스에 치여 있던 근육과 신경이 부드럽게 풀어지고 기분이 좋아진다. 유머책을 보는 것도 좋다. 책을 보면서 웃고 싶을 때는 웃어 가면서 보는 거다. 애써 웃음을 참아 가면서 책을 보는 것보다 맘껏 웃어 가면서 보는 게 훨씬 더 좋다.

셋, 웃음거리나 유머를 생각하고 있다가 사람들 앞에서 써먹어 보자. 웃음이란 묘한 거다. 한 번 웃게 되면 자꾸 웃고 싶어진다. 전염성이 있다는 얘기다. 내가 먼저 재미있는 얘기를 해서 남을 웃기게 되면 그 사람도 또 유머러스한 얘기를 끄집어 낸다. 웃음은 이래서 또 다른 웃음을 불러온다. 이때 상대가 하는 유머가 그렇게 우습지 않더라도 크게 웃어 주는 게 좋다. 상대를 배려해서 웃어 주는 게 아니라 나 자신의 건강을 위해서 말이다.

넷, 주말에 작은 뒷산이라도 오르게 되면 '야호'를 외치는 대신 크게 웃어 보자. 크게 웃고 나면 내 흥에 겨워 저절로 또 웃음이 나온다. 웃음에 관련한 근육이나 신경조직이 웃음에 익숙해져서 억지로 웃어야겠다는 생각이 없이도 절로 웃음이 나오게 만든다. 크게 웃어 보면 알겠지만 웃는 게 운동하는 것만큼 신체적 효과가 크다. 많이 웃으면 땀도 나고 얼굴에 열도 나고 배도 아프다. 허기가 몰려올 것이다. 그만큼 운동 효과가 크다.

오래된 일이지만 웃는 노력을 한 경험이 있다. 직장 생활을 할 때였는데 늘 머리가 복잡하고 뒤숭숭했다. 아침만 되면 해야 할 일이 생각나고 해결하지 못한 일은 쌓여 있으니, 기분이 개운하지 못하고 몸은 늘 무거운 느낌이었다.

그 당시 아파트가 고층이었는데 엘리베이터를 타면 옆에 커다란 거울이 붙어 있었다. 어느 날 거울에 비친 내 얼굴을 보니 젊은 나이에 피부색이 뿌옇게 뜬 것처럼 보였다. 그래서 '아, 이래서는 안되겠다'는 생각이 들어 마인드 컨트롤을 시도해 보기로 했다.

아침이 즐거워야 하루가 즐거울 게 아니겠나. 기분 좋게 하루를 시작해 보자는 생각이 들어 거울을 보며 싱긋 미소를 지었다. 그날부터 매일 엘리베이터를 타면 거울 속의 나를 보며 웃었다. 그러자 어느 순간부터 묵직했던 몸도 가뿐해지고 기분도 상쾌해졌다. 직장에서의 하루도 그리 나쁘지 않은 상태를 유지할 수 있었다.

먼저 인사하자

사람은 살아가는 동안 다른 사람과 관계를 맺으며 살아야 한다. 관계 맺음이 잘 이루어질수록 자기가 속해 있는 조직 또는 영역 내에서의 생활이 잘 굴러간다. 관계를 맺는 첫 단추는 인사다. 처음으로 누군가를 만날 때도 인사를 나눌 것이고, 헤어질 때도 인사를 나눈다. 고마움을 표시하는 인사를 해야 할 때도 있고, 축하나 경의를 표시하는 인사를 해야 할 때도 있다. 사람을 만나는 처음과 끝은 항상 인사로 통용된다. 그런데 너무 일상적인 일이 됐기 때문인지 인사에 매우 소홀한 사람도 많이 있다.

나이가 많은 사람은 꼭 젊은 사람이 인사를 해야만 인사를 받아 주는가? 나이 많은 사람이 먼저 하면 예의에 어긋나기라도 하는 건가? 직책이 높은 사람은 꼭 아랫사람이 인사하기를 기다렸다가 인사를 해야 하는가? 윗사람이 먼저 하면 일이 거꾸로 되기라도 하는 건가? 이런 건 격식의 문제가 아니다. 예절의 문제도 아니다. 마음의 문제다. 마음을 넓게 가지고 상대가 누구이든 간에 먼저 인사를 건네는 게 좋다. 그것도 따뜻한 마음으로 즐겁게 하는 게 좋다.

오래전에 상담을 위해 일본 사람이 방문한 적이 있었다. 내가 속해 있던 조직의 간부가 그 사람과 인사를 나누는데 절을 두 번 하게 되었다. 일본 사람은 거의 90도 각도로 허리를 굽히는데 그 간부는 30도도 안 되게 굽혔다가 머리를 들어 보니 일본인이 아직 고개를 들지 않았으니까 다시 절을 하고 고개를 든 것이다.

예전 격식을 따지던 시절이었다면 이건 사형감이다. 두 번 절을 한다는 건 상대방을 죽은 사람으로 간주하는 거다. 산 사람에게는 한 번밖에 안 하는데 두 번 했으니 목숨부지하기가 어려웠을 거다.

하나의 촌극으로 치부할 수도 있지만 실제 우리의 인사 습관은 건성으로 끝날 때가 많다. 우리가 인사할 때 대개 15도 정도 수그릴까, 많이 숙이는 사람도 30도를 잘 넘지 않을 것이다. 오히려 일본 사람들 인사할 때 보면 90도로 허리를 깊게 숙이는 사람을 자주 보게 된다. 마음속이야 독기를 품고 있는지 알 수 없지만 겉으로 보기에는 상당히 공손하게 보인다. 인사를 받는 사람의 입장에서도 황송하기 그지없는 기분을 느끼게 된다.

이렇게 되면 일단 점수를 따고 들어가는 것이다. 상담하기 위해 만났다면 좀 더 수월한 입장에서 상담이 진행될 것이고 교류를 위해 만났다면 훨씬 더 친밀한 상태가 될 것이다.

인사 잘해서 손해 볼 일은 없다. 대개 나이가 많은 사람은 먼저 인사를 하지 않는다. 나이가 적은 사람이 인사하기를 기다린다. 혹시 젊은 사람이 그냥 지나치면 서로 인사도 없이 지나간다. 안면이 있는 사람이라도 마찬가지다.

옛날에는 평균수명이 짧아서 노인이 드물었다. 그래서 노인을 공경하라는 교육도 많이 받았고, 노인에 대한 존경심도 많았다. 근래에는 노인의 수도 많아졌고 나이에 비해 젊게 보이는 사람도 많아져서 예전처럼 노인을 대접하려는 분위기가 줄어들었다.

환경이 바뀌면 사회의 질서도 바뀌는 게 당연하다. 이럴 때 발상을 바꿔 보는 것도 좋다. 형식에 얽매이거나 윤리에 기댈 필요가 없다. 사람의 심리를 이용해서 거꾸로 실행해 보는 거다.

사람은 심리적으로 남에게 대접을 받고 싶어 한다. 대접을 받으면 어깨도 우쭐해지고 기분도 좋아진다. 자기를 대접해 주는 사람에게 고마움을 느끼고 보상해 주고 싶은 마음도 생겨난다. 혹시나 아는가? 내가 어렵거나 곤궁한 상황에 처하게 되면 그 사람은 금방 달려 와 줄 수도 있다.

나이를 따지지 말고 먼저 인사하는 습관을 들여 보자. 이건 자신의 가치를 올리는 일이다. 돈 안 들이고 힘 안 들이고 자신의 우군을 늘리는 일이다.

몸 냄새

언젠가 파키스탄 여행을 가서 파키스탄 국내 비행기를 타고 카라치에서 라호르로 갈 때였다. 탑승하려고 비행기 내부로 들어선 순간 고약한 냄새 때문에 숨이 막힐 뻔했다. 유럽, 미국, 일본, 멕시코 등 많은 나라를 다녀 봤지만 그때만큼 지독한 냄새에 시달리기는 처음이었다. 국내용 항공기여서 탑승객도 대부분 파키스탄의 내국인인지라 음식도 향료가 강한 것으로 준비했을 테고, 탑승객 전체의 체취가 혼합되어 유일한 외국인인 나로서는 역한 냄새에 시달릴 수밖에 없었다. 카레 향이 많이 나면서도 노린내가 많이 섞인 듯한 냄새였는데 평소 우리나라를 비롯한 동양에서는 잘 느끼지 못하는 냄새였다.

우리나라에서도 음식 냄새 때문에 혼쭐난 적이 있다. 경상도에서는 삭힌 홍어를 잘 먹지 않는다. 그 지역에서 자란 나는 성인이 될 때까지 삭힌 홍어를 먹어 본 적이 없었다. 직장 생활로 서울에 살면서 회식차 홍어 전문점으로 가서 홍어찜을 시켰는데, 무심코 한 점 집어 먹었다가 목구멍이 막혀서 숨을 쉴 수가 없었다. 미리 마음의 준비를 하고 맛을 봤으면 좀 덜했을 텐데 아무 생각 없이 먹다가 좀 쉰 듯하기도 하면서 탄산가스가 확 솟구치는 듯한 냄새에 목이 막혀서 삼킬 수가 없었던 것이다.

지역에 따라서, 또는 환경이나 기후 여건에 따라서 먹는 음식의 종류도 많이 다르다. 그에 상응해서 사람의 몸에 밴 냄새도 다를 수 있다. 일반적으로 우리나라 사람들에게서는 마늘 냄새가 난다고 하고, 서양인들에게서는 노린내가 난다고 한다. 채소를 주식으로 하는 사람보다는 육식을 주로 먹는 사람에게서 냄새가 더 많이 난다. 고기에는 동물성 단백질이 많아서 소화되는 시간이 길어 장에 오래 머물러 있기 때문에 입으로, 땀으로, 대변으로 나오는 냄새를 더 고약하게 한다. 지방 섭취가 많을 경우 피부에서 분비되는 피지가 늘어나고 피지가 산화되면서 냄새가 증가할 수도 있다.

그렇다고 해서 모든 사람이 다른 사람들에게 불쾌감을 줄 정도로 냄새를 풍기는 건 아니다. 예전과 비교하면 위생 관념도 높아지고 스스로 몸 관리에도 신경을 많이 쓰기 때문에 함께 섞여 지내도 전혀 불편함을 모르고 지낼 수 있는 게 대부분이다.

요즘 젊은 사람들, 특히 젊은 여성들 중에는 김치나 된장도 잘 먹지 않는 사람이 많다. 학교에 가든 직장엘 가든 입에서 냄새가 날 수 있으니 아예 먹는 걸 피하는 거다. 일요일이나 공휴일처럼 밖에 나갈 일 없을 때만 집에서 먹는다. 건강하고 고유한 음식조차 피한다는 게 좀 심하다는 생각이 들 정도지만 자신의 이미지 관리를 위해서 그런다니 한편으로는 좀 안쓰럽다.

냄새는 젊은 사람보다 노인에게서 더 심하게 난다. 나이가 들면 신진대사가 원활하지 못해서 피부에 노폐물이 더 많이 쌓인다. 게다가 젊은 사람에 비해서 몸 관리에도 더 게으르다. 운동량도 더 적다. 운동을 많이 하게 되면 신진대사가 활발하여 노폐물도 빨리 배출되어 냄새도 줄어든다.

담배를 오래 피운 사람에게는 담배 냄새도 배어 있다. 이 담배 냄새는 정말 지독하다. 새로 도배한 방에서 한 달간 담배 피우는 사람이 살고 나가면 두세 달이 지나야 벽에 밴 담배 냄새가 다 빠진다. 하물며 수십 년을 담배 피운 사람이라면 몸에 냄새가 절어 있다. 자기 자신은 모를 수 있겠지만 담배 피우지 않는 사람의 코는 금방 알아차린다.

술을 많이 마시는 사람은 입에서 썩은 냄새가 난다. 더구나 술 마신 사람일수록 말이 많은 편이다. 들어도 아무 소용없는 말, 몇 번이고 되풀이되는 말을 지껄인다. 그러니 냄새는 더욱 풍겨대는 거다. 술도 지독하기는 마찬가지다. 이것도 중독성이 있어서 오랫동안 많이 마신 사람은 끊기가 어렵다. 자기 혼자는 즐거울 수 있지만 옆 사람은 피곤하다. 이런 것들이 합쳐져서 특유의 '노인 냄새'를 만든다.

애들이 노인 곁으로 잘 오지 않는 이유를 노인들이 알고 있기나 한 걸까? 할아버지는 손자를 귀여워해 주고 싶지만 손자가 할아버지를 싫어하는 이유를 알고 있기나 한 걸까? 순수한 어린애들은 냄새에 더욱 민감하다. 그들의 코는 청정 지역이나 다름없다. 애들이 좋아하는 몸의 여건을 만드는 게 좋다.

냄새를 줄이는 방법은 간단하다.

하나, 머리를 매일 감는다. 두피에서는 지방이 많이 분비되어 피지가 쉽게 쌓인다. 부지런히 감는 것 이상으로 좋은 방법은 없다.

둘, 머리카락의 염색을 자제한다. 젊어 보이려는 것은 인간의 기초 욕구이므로 말릴 수야 없지만 염색이 잦을수록 피부는 빨리 노화된다. 노화는 신진대사도 느려지게 한다. 노인의 자연스러운 백발은 보기도 좋다.

셋, 발은 아침저녁으로 꼭 씻는다. 의외로 발을 잘 씻지 않는 사람이 많다. 발은 신체의 부위 중에서 가장 빨리 더러워지는 곳이다. 온종일 양말과 신발에 갇혀 있어서 땀에 배어 있다. 곰팡이 썩는 냄새가 가장 빨리 나는 곳이다.

넷, 목욕을 자주 해서 몸을 청결하게 한다.

다섯, 옷을 자주 빨고 가끔 일광욕도 한다.

여섯, 이빨은 아침저녁으로 두 번은 꼭 닦는다. 저녁에는 잠자기 직전에 닦는다. 점심 식사 후에도 하면 좋겠지만 외출하면서 칫솔을 갖고 다닐 수는 없으니까. 중요한 것은 꼼꼼히 잘 닦는 것이다. 입 냄새는 이빨을 잘 닦는 것도 중요하지만 위장에 썩은 음식이 생기지 않도록 하는 것도 중요하다. 위장 관리도 잘해야 한다는 말이다.

이 정도의 얘기는 오래 살아온 사람이라면 대개 알고 있을지도 모른다. 문제는 실행에 옮기는 거다. 나이가 많아지면 몸도 게을러지고 손발도 게을러진다. 게으름을 극복하려는 마음가짐이 중요하다.

훈계는 필요 없다

교육열이라면 우리나라도 세계에서 둘째가라면 서러울 정도로 대단하다. 우리나라에 앞서 일본은 1960년대부터 입시 열풍에 몸살을 치렀고 그 이후 홍콩, 대만도 좋은 학교에 입학하려는 경쟁이 치열했다. 이제는 중국도 자녀 교육을 위해 전쟁을 치르고 있다. 교육에 관한 한 동양 문화권의 나라들이 공통으로 대단한 집중과 열의를 보이고 있다.

통계청이 발표한 '한국의 사회 동향 2014' 보고서에 따르면 취학률에 있어서 유치원은 47.4%, 초등학교는 97.2%, 중학교는 96.2%, 고등학교는 93.6%로 집계된다. 유치원의 경우 만 3~5세 아동들 가운데 어린이집에 다니는 아동들을 포함하지 않은 숫자로, 이들을 포함할 경우 취학률은 90%를 웃도는 것으로 추정된다. 이것으로 볼 때 3~5세 이후의 아동들은 거의 모든 아동이 유치원부터 고등학교까지 다니는 것으로 생각된다.

정규교육이 아닌 사교육 참여율을 보면 초등학생 81.1%, 중학생 69.1%, 고등학생 49.5%로 역시 대부분의 학생이 사교육을 받고 있다. 추정컨대 농어촌이나 사교육 학원이 부족한 외딴 지역을 고려하면 대도시의 거의 모든 학생은 사교육을 받는 것으로 볼 수 있다. 이에 따른 월평균 사교육비를 보면 초등학생 23만2천 원, 중학생 27만 원, 고등학생 23만 원으로 적지 않은 돈을 투자하고 있다.

시간상으로 볼 때는 얼마나 많은 시간을 배우는 데 투자하고 있을까. 또 얼마나 많은 시간을 자유시간 또는 놀이시간으로 보내고 있을까. 잠자는 시간은 충분하게 유지하고 있을까.

한 초등학생이 작성한 일과표를 보겠다. 취침 8시간, 학교생활 6시간, 휴식 2시간, 학교 숙제 및 학원 교육 5시간, 등하교 및 식사 시간 3시간. 밤 11시에 잠자리에 들어가서 아침 7시에 일어난다. 하루 대부분을 배움과 관련한 시간으로 보내고 순수하게 마음대로 놀 수 있는 시간은 2시간이 전부다.

서울 강남 지역에 사는 한 유치원생의 일과표를 보겠다. 취침 9시간, 아침 8시에 일어나서 기상과 동시에 영어 문장 외우기, 유치원, 학원, 유치원 숙제, 저녁에 영어 동화책 읽기가 끝나면 오후 8시 반, 이때부터 10시까지 자유 시간 1시간 반, 10시에 취침. 이 나이 때라면 종일 놀고 뛰어다녀도 모자랄 판인데 순수한 자유 시간은 1시간 반뿐이다. 나머지 시간은 역시 배움과 관련된 시간이다.

고등학생이 되면 더하다. '4당5락'이란 말이 있듯이 4시간 잠자면 대학에 합격하고 5시간 잠자면 떨어진다고 한다. 공부에 매달릴 수밖에 없다. 인문학을 얼마나 배우느냐 또는 인격 수양에 필요한 고전을 얼마나 공부하느냐, 하는 것은 일단 옆으로 제쳐 놓고, 많은 시간을 공부에 매달리고 머리를 쓴다. 그러다 보면 머릿속이 복잡해져서 다른 얘기가 들어 설 자리가 없다.

그동안 만나는 선생님은 얼마나 많은가. 유치원부터 대학교까지 거의 20년의 정규교육에서 만나는 선생님이 있고, 기간은 다소 짧겠지만 여러 햇수의 학원에서 만나는 선생님이 있다. 거기에다 명절에 만나는 친척 어른들, 종교를 가진 사람이면 종교의 성직자들까지 자라나는 아동들을 위해 훌륭한 말씀, 좋은 얘기를 들려주는 사람은 많다. 양식이 되는 말씀이 너무 많아서 머릿속에서 정리를 다 못할 지경일 것이다. 이런 상태에서는 아무리 좋은 말을 한들 귀에 들리지도 않고 머리만 아프다. 머리는 그저 쉬고 싶어 한다. 배움이나 공부는 의무적인 것으로, 또는 강제적인 것으로 판단하여 거부감을 가지게 한다. 이걸 잘못된 것으로 말할 수는 없다. 오히려 정상적인 상태로 봐야 한다.

나이가 많은 사람들은 어떠한가. 젊은 사람들을 만나면 무언가를 훈계하려고 한다. 자기가 살아온 경험으로 봤을 때 지금의 젊은 사람이 잘못하고 있다든지, 그렇게 하면 안 된다든지 하는 교훈을 심어 주려고 한다. 노인이 살아온 과거와 비교해서 예의가 없다는 둥, 태도가 불손하다는 둥, 쓸데없는 짓거리에 빠져 있다는 둥 불편한 마음을 훈계 삼아 말하려고 한다.

때로는 진정으로 애들에게 훌륭한 사람이 되라고 좋은 말을 하는 경우도 있다. 그러나 이런 판단도 자기 기준일 뿐이다. 듣는 사람은 잔소리로 생각할 뿐이다. 사회의 발전 속도는 엄청나게 빠르다. 문명의 이기들은 끊임없이 쏟아져 나오고 새로운 문화의 흐름도 계속 탄생하고 있다. 과거의 경험이 미래의 절대적인 지혜의 기준이 되던 시대는 벌써 지나갔다. 새로운 시대를 따라잡기 위해서는 오히려 노인이 새로운 지식을 배워야 할 때다.

며칠 전 TV 다큐멘터리를 보니 아프리카 콩고강에서 물고기 잡이를 하는 부족이 나왔다. 물고기를 잡기 위해서는 먼저 통발을 만들어야 한다. 그래서 통발을 만들 나무를 자르러 배를 타고 강 상류로 가서 인근 숲으로 들어간다. 그곳에서 단단한 나무를 골라서 자른다. 센 물살에 견딜 수 있는 재목을 고르는 것이다. 그 나무를 배에 실어 와서 적당한 크기로 자르고 깎고 묶어서 통발을 만든다. 아래는 좁고 위쪽은 넓게 해서 한 번 들어온 고기는 빠져나가지 못하게 만드는 것이다. 다 만들어진 통발은 물살이 빠르게 흐르는 길목에 설치한다. 물살이 세서 그냥설치하면 떠내려가 버린다. 그래서 강바닥에 돌로 고정하면서설치해야 한다.

단순하게 물고기를 잡는 것 같지만 잡기까지의 공정은 여러 과정을 거쳐야 한다. 그런데 중요한 사실은 이 과정을 거칠때마다 가르치고 지시하는 사람은 가장 나이가 많은 그 부족의 어른이라는 것이다. 이런 사회에서는 노인의 지혜가 절대적인 가치를 가진다. 젊은 사람들이 거기에 반기를 들지 않는다. 경험에 의한 가치를 인정하기 때문이다. 문명의 발전 속도가 느린 지역 또는 고유의 전통이 잘 보존되는 지역에서는 노인의 말씀이 곧

홀륭한 교육이 될 수 있고, 듣는 사람도 순수하게 받아들일 수 있다.

오늘날 우리 사회는 정보의 홍수, 교육의 홍수에 빠져 있다. 너무 많은 정보의 입력으로 인해 머릿속의 회로에 과부하가 걸리는 상태다. 그래서 좋은 말을 많이 해서 가르치겠다는 생각보다는 그 반대로 생각해 보는 게 좋다. 즉 젊은 사람의 말을 잘 들어주는 것이다. 그들이 어떤 생각을 하고 있는지, 왜 반항하고 있는지, 어떤 사정으로 어른들의 의견과 다르게 행동하는지, 어떠한 목표를 가졌는지, 이러한 것들은 그들의 말을 잘 들어주는 데서 답이 나온다.

상대방의 말을 잘 들어주는 데도 노하우가 필요하다. 말하는 사람이 자기 속마음을 드러낼 수 있도록 믿음을 심어 주어야 한다. 신뢰가 생기지 않으면 진심에서 우러나오는 속내를 표출하지 않는다. 얘기가 주변만 겉돌아서는 진실로 하고 싶은 말은 나오지 않는다.

오랜 시간을 가까이 지내고도 서로의 간격이 좁혀지지 않는 경우도 많이 있다. 많은 말을 나누었다고 생각하는데도 상대가 나를 이해하지 못한다고 하는 경우도 많이 본다. 부모와 자식 간에 또는 친구 사이에 서로 대화가 안 되어 반목하는 경우도 많이 있다. 대개의 경우, 자기 자신이 말을 많이 하려고 한다. 자기 생각을 상대에게 주입하려고 한다. 또 자기 의견에 동조하지 않으면 말이 안 통한다고 생각한다. 이렇게 되면 상대는 고집불

통이고 자기는 정상이라 간주하기 쉽다.

이게 인간의 자연스러운 본성인지도 모른다. 내 마음대로 행동할 수 있고 모든 사람이 내 뜻대로 움직여 준다면 얼마나 살기 편할까? 이러한 기본적인 성품은 누구에게나 있다. 그렇지만 사람은 사회 활동을 해야 하고, 사회 활동을 하기 위해서는 다른 사람과 관계를 맺어야 하고, 그 관계가 잘 엮이게 하기 위해서는 대화가 잘 이루어져야 한다. 그러니 내 욕심대로, 내 뜻대로만 살 수는 없지 않은가. 인간 사회에서 일어나는 다툼이나 불화는 많은 부분이 대화의 불통에서 온다. 개인 간의 싸움도 그렇고, 조직이나 국가 간의 큰 싸움도 마찬가지다. 그래서 대화가 잘 통하는 건 매우 중요하다.

대화를 잘하기 위한 가장 기본적인 단계는 상대방의 말을 잘 들어주는 것이다. 그러면 어떻게 하는 것이 좋을까.

하나, 내 기준으로 상대방을 판단하지 않는다.

말을 듣기도 전에 상대가 어떤 사람이라고 판단을 해버리면 상대방의 말이 내 귀에 들어오지 않는다. 이미 상대가 어떤 말을 할 것이라는 예상을 뇌가 인식해 버리기 때문이다. 상대가 하려는 말의 참뜻이 전달되지 않고 내 뇌가 인식하고자 하는 방향으로 의미가 왜곡돼 버린다. 그 방향이 일치되지 않으면 상대의 말이 듣기 싫어지고 지루하게 느껴진다.

'저놈은 항상 부정적이야.', '쟤는 사상이 불순해.', '저 사람은 언제나 황당한 공상만 하고 있어.' 이런 생각을 하고 있으면 상대방의 말이 제대로 들리지 않는다. 상대를 이해하려는 마음에 앞서서 뇌가 이미 그가 어떤 말을 할 것이라는 판단을 하고 있기 때문이다.

둘, 상대방의 말을 수용하라.

천 명의 사람이 있으면 천 가지 의견이 나올 수 있다. 사람마다 생각이 다르고 가고자 하는 방향도 다르다. 자라온 환경도 다르고 직업도 다르고 나이도 다르다.

나이가 많은 사람은 스스로 알고 있을 것이다. 같은 사건을 보고 십대 때의 생각과 청년 때의 생각과 노인이 되었을 때의 생각이 다르다는 것을. 동일한 개인에 있어서도 나이에 따라서 생각이 다른데 하물며 배워 온 지식, 영향을 받은 선생님, 일해 온 직업, 교제해 온 친구, 살아온 가정의 환경 등이 다른 사람이라면 생각이 다른 것은 당연하다.

그러니 상대방의 말이 '좋다, 나쁘다' 또는 '맞다, 틀리다' 하는 고려를 하지 말고 일단 수용해 주려는 자세가 필요하다.

셋, 상대방의 말을 공감하라.

아름다운 꽃을 보면 누구나 그 꽃이 예쁘다고 느끼고 마음도 즐거워진다. 향기로운 꽃 냄새가 풍기면 가까이 다가가서 향기를 맡고 싶고 가슴이 포근해지는 느낌이 든다. 반가운 사람을 만나면 쌓였던 얘기도 나누고 싶고 얼굴에 절로 웃음꽃이 핀다. 이러한 감정을 느끼는 것은 인간의 본성이다. 누가 가르쳐 주지 않아도 인간의 내면에 이러한 감정의 상태를 느낄 수 있는 기능을 갖고 태어난다. 대화하는 것도 마찬가지다. 상대방의 말을 듣고 상대방이 느끼고 있는 감정에 같이 젖어드는 게 좋다. '저런 상황에서라면 저런 생각을 했을 수도 있겠구나.', '그렇게 어려운 처지에 있었다면 나도 그런 행동을 했을 수도 있겠구나.' 이러한 느낌을 공유하면서 상대의 말을 들어준다.

넷, 상대방의 말에 반응하라.

상대방이 말하는 것을 진심으로 잘 듣고 있다는 것을 확인해 주는 것이다. 다 듣고 난 후에 간결하게 대답한다. 긍정적인 생각으로 대답한다. 부정적인 견해를 피력하거나 너무 장황한 말을 늘어놓으면 상대의 말을 막는 꼴이 된다. 이렇게 되면 상대는 하고 싶은 말을 못하게 되고 대화를 꺼리게 될 것이다. 말하는 내용, 전달하고자 하는 요점 등에 대해 간결하게 물어 보는 게 좋다.

다섯, 마음과 표정으로 들어라.

말로 표현하지 않고 얼굴만 보아도 그 사람의 생각이나 감정을 짐작할 수 있는 게 사람이다. 얼굴의 신경조직, 감각기관은 매우 민감하게 작동한다. 화날 때와 좋아할 때, 기쁠 때와 슬플 때, 외로울 때나 심지어 음흉한 생각을 가질 때조차 얼굴의 표정은 달라진다. 사랑하는 사람은 상대의 눈빛만 보고도 어떠한 마음을 품고 있는지 안다고 하지 않는가.

상대의 말을 듣고 감정을 공유하게 되면 표정의 변화는 저절로 따라온다. 마음을 열고 잘 들으면서 표정으로 대답해 주는 게 좋다. 마음속으로는 듣기 싫어하면서 잘 들어주는 척하는 건 표정으로 나타난다. 내 속마음을 어찌 알겠나, 할 수도 있지만 상대는 이미 내 속마음을 읽고 있다.

말을 잘하는 사람은 많은 말을 하지 않는다. 말을 많이 하다 보면 헛말이 나올 수 있고 쓸데없는 말로 상대를 피곤하게 할 수도 있다. 남의 말을 잘 들어주는 사람이 대화를 가장 잘하는 사람이다. 자기의 말을 잘 들어 주는 사람에게 신뢰감을 가지게 되고, 자기의 속마음을 털어놓음으로써 마음의 평안을 느끼게 될 것이다. 그래서 소통을 잘하려면 상대방의 말을 잘 들어 주면 된다. 훈계해서 깨우치게 해 주겠다는 생각은 오히려 반감을 일으키고 자신의 가치를 떨어뜨리게 한다.

과거는 없다

    신라 시대의 찬란했던 문화를 보존하고 있는 경주에는 많은 관광객이 몰려든다. 석굴암을 보면서 정교하고 아름다운 돌의 조각에 감탄하고 그 당시에 어떻게 저런 기하학적인 수준을 고려했을까 하는 생각에 놀라움을 금할 수 없다. 중국의 만리장성을 올라 보면 사람의 힘으로 만들었다고는 믿을 수 없는 광경에 입이 벌어진다. 지도상의 총연장이 2,700km라고 했던가. 끝도 없이 이어지는 돌의 담장, 그것도 산등성이를 타고 쌓아 올린 모습에서 인간의 힘의 놀라움을 느낀다. 과거의 영광, 지나간 시대의 찬란한 문화가 현재의 사람을 먹여 살리고 있다. 과거가 현재를 지나 미래까지 밝게 비출 수 있는 건 과거에 이루었던 역사가 실물의 형태로 남아 있어서 오늘날의 사람들이 눈으로 확인할 수 있고 감동을 느낄 수 있기 때문이다.

    터키의 고대 도시 에페소는 좀 더 색다른 느낌이 있다. 기원전 1000~1500년 사이에 건설되어 로마제국 시대에는 서아시아 지역의 정치, 상업, 문화의 중심지였다. 당시의 인구가 25만 명 정도였을 만큼 대도시였다. 그렇지만 수차례의 지진과 화산 폭발로 도시는 잿더미 속에 묻혀 버렸다. 신전, 대극장, 경기장은 물론 많은 수의 시민들까지 땅속에 갇혀 버리고 거대한 도시의 모습은 눈앞에서 사라져 버렸다. 오랜 세월 소문으로만 전해 오던 이 도시는 1863년 영국의 고고학자 우드에 의해 발굴 작업이 시작되어 6년 뒤 아르테미스 신전이 발견되었고, 이후 20세기 중엽까지 발굴이 계속되어 현재 예전 도시의 전모가 드러났다.

아르테미스 신전은 고대 세계 7대 불가사의에 선정될 만큼 화려하고 아름다운 신전으로 꼽힌다. 정면에서 볼 때 가로 55m, 세로 115m, 높이 약 19m에 대리석 원주가 127개의 거대한 규모이다. 이와 유사한 곳으로 이탈리아의 폼페이가 있다. 고대 로마의 도시로 로마 귀족들의 휴양지로 알려졌으며 농업과 상업의 중심지였으나, 서기 79년 8월 베수비오 화산의 폭발로 2,000여 명의 시민과 함께 잿더미 속에 묻혀 버렸다. 이후 1,500년간 이 도시는 사람들의 기억 속에서 사라져 버렸다. 17세기 중반부터 발굴 작업이 시작되어 현재도 진행 중이다. 다시 모습을 드러낸 상태를 보면 목욕탕, 시장, 극장, 원형경기장, 음식점 등 당시의 아름다웠던 광경에 감탄이 나온다. 에페소와 폼페이가 사라지고 없을 동안 그 도시의 웅장하고 화려했던 모습은 사람들의 기억에서 지워져 버렸다.

그러한 거대 규모의 도시가 통째로 없어지고 나니 시간이 지나면서 그곳은 사람들의 뇌리에서도 지워져 갔고, 그곳을 보려고 찾아가는 사람도 없었다. 오랜 시간이 흘러 역사의 흔적이 있었다는 사실조차 거의 잊어버렸지만, 다시 신전이 발견되고 과거의 문명이 발굴되자 사람들은 예전의 기억을 떠올리며 열광하고 있다. 눈으로 보이는 실물이 없으면 이처럼 쉽게 잊힌다. 지나간 역사는 실체가 나타나야 확인이 되고 관심의 대상이 된다.

은퇴한 사람들과 대화를 하다 보면 과거에 집착하는 사람들이 많다는 것을 알게 된다. 몇 번 만나도 만날 때마다 과거에 했던 자기 업적을 늘어놓는다. 그 사람은 지난번에 만났을 때 같은 얘기를 했다는 걸 기억하는지 모르겠다. 간혹 이미 들은 얘기라고 귀띔을 주어도 거기에 대해서는 별 반응이 없다. 잠시 후 또다시 얘기는 원위치로 돌아간다. '내가 말이야, 수출을 했는데 미국 쪽으로 엄청나게 많이 내보냈어.', '전에 큰 회사에서 관리직을 맡았는데 엄청나게 바빴어. 퇴근은 항상 밤이었어.', '그땐 참 잘 나갔는데.'

알고 보면 이렇게 얘기하는 사람은 대개 현재 일자리가 없어 놀고 있다. 과거에 했던 업적에 도취해 현재의 자기 위치를 놓치고 있는 게 아닐까. 설령 과거에 큰 회사에서 많은 일을 하고 훌륭한 업적을 올렸다는 게 사실이라 할지라도 그것은 많은 사람이 이룬 업적 중에 아주 작은 한 부분일 것이다. 그것을 현재에 살고 있는 다른 사람들이 알아줄 리 만무하다. 더군다나 눈으로 보이는 실체가 있는 것도 아니다.

은퇴 전의 지위나 활동에 미련이 남아 그것과 유사한 일만 찾거나 그때의 사람들을 만나더라도 체면 깎이지 않을 일만 찾는 사람 치고 제대로 된 일자리를 찾는 사람은 드물다. 과거에 대한 환상이 현실에서 족쇄로 작용하고 있는 것이다. 젊어서 새로운 직장을 찾을 때처럼 은퇴 후에는 새롭게 사회에 첫발을 내딛는 마음으로 시작해야 한다. 과거의 영광을 기억해 주는 사람은 없다. 나이 먹은 초년병이라고 욕하는 사람도 없다. 과거가 없는 사람으로 새롭게 태어나는 거다.

제3장 》

생활의 재발견

소변보기

남성 노인에 대한 얘기를 해 보려고 한다. 우리나라의 남자들은 이런 얘기에 좀 불편해 할지도 모르겠다. 남자를 좀스럽게 만든다고 할지도 모르며, 남자의 체통과 관련된 문제라며 화부터 낼지도 모른다.

지난 1월(2015년)에 조선일보에 난 기사를 보았다. 독일 법원이 남성은 서서 소변을 볼 권리가 있다고 판결했다고 영국 BBC방송이 22일 보도했다. 독일 뒤셀도르프의 법원에 한 집주인이 최근 '세입자가 서서 소변을 보는 바람에 오줌이 튀어 화장실 대리석 바닥이 손상을 입었'며 1,900유로(약 234만 원)를 배상하라는 소송을 제기했다. 이에 재판부는 '남성이 서서 소변을 보는 것은 사회적으로 받아들이는 관습'이라며 세입자 편을 들어줬다. 재판을 맡은 슈테판 항크 판사는 소변 속 요산 성분이 대리석을 손상할 수 있다는 전문가들의 의견에 동의했다. 그러나 남성이 부수적인 피해까지 배상해야 할 의무는 없다고 설명했다.

다만 항크 판사는 '남성들도 되도록 문화적 규범을 준수할 필요가 있다'고 강조했다. 항크 판사가 말한 문화적 규범이란 소변이 변기 외의 다른 곳에 튀지 않도록 주의하라는 일종의 '예절'을 말한 것으로 풀이된다. 최근 독일에서는 남성의 소변 자세를 두고 논쟁이 벌어지는 것으로 알려졌다. 서서 소변보는 게 당연하다고 여기지만 일각에서 남성들도 여성처럼 변기에 앉아 볼일을 봐야 한다는 것이다. 일부 화장실은 남성들이 서서 소변을 보면 안 된다는 표시를 붙이기도 한다. 하지만 독일 사회에서는 남성이 앉아서 소변을 보는 것은 남자답지 못한 것으로 간주하고 있다.

위의 신문 기사에서 보듯이 요즘 여성 중에는 남자들의 소변이 튀는 것에 대해 신경을 많이 쓰는 사람들이 있다. 공공 기관이나 대형 건물과 같이 남녀 화장실이 따로 되어 있고 특히 소변기가 별도로 설치된 경우는 괜찮다. 일반 가정이나 작은 건물에는 소변기가 따로 없고 좌변기만 설치되어 남녀가 같이 쓰는 경우가 대부분이다. 이럴 경우가 문제이다. 만약 항크 판사가 남성이 아니라 여성이었다면 집주인에게 좀 더 유리한 판결이 났을 수도 있다. 남성의 입장에서는 당연한 처리를 했다고 생각하겠지만 여성이라면 이 문제를 더 민감하게 받아들일 수도 있기 때문이다.

여러 해 전에 독일에 가서 작은 음식점에 간 적이 있었다. 화장실에 갔는데 좌변기만 있고 앞 벽에 그림이 붙어 있었다. 남자가 서서 소변 보는 그림에 'X' 표시가 되어 있고, 앉아서 소변 보는 그림에 'O' 표시가 되어 있었다. 앉아서 소변을 보라는 말이었을 텐데 그 당시에는 솔직히 왜 이렇게 해 놓았는지 잘 이해되지 않았다. '건물 주인이 좀 별난 사람이구나.' 하고 생각했을 뿐이었다.

일본에 유학 가서 공부하고 돌아온 사람을 만나 얘기를 들어 보니 그곳은 아파트의 화장실 구조가 좀 다른 모양이다. 우리나라의 화장실은 욕탕기외 변기, 샤워기가 한곳에 모여 있는 데 반해 일본은 화장실과 욕실이 따로 되어 있다는 것이다. 크기는 작지만 변기가 있는 곳과 욕탕기가 있는 곳이 구분되어 있는 것이다. 살아 보니 이 차이가 중요하더란다. 변기가 더러워 청소할 때 한국에서는 샤워기로 물을 좌악 뿌려주면 끝인데 일본에서는 변기 옆에 샤워기가 없으니 물로 뿌러서 청소할 수가 없었다. 그러니 걸레로 닦아서 청소를 해야만 했다. 평소에 변기 청소를 자주하는 편도 아닌데 그냥 두자니 지저분하고 청소하려면 걸레를 사용해야 하고, 참 불편했다. 그래서 앉아서 소변을 보기로 했다. 앉아서 소변을 보면 오줌이 변기 위나 바깥으로 튀지 않으니까 청소에 신경 쓸 필요가 없었다는 것이다.

노인들은 청소를 자주하기도 쉽지 않다. 우선 몸이 쉬고 싶어 하니까 청소도구를 손에 만지는 것부터 거부감이 든다. 게다가 지금의 남성 노인들은 대개 젊을 때부터 집안에서 청소하는 일에 익숙지 않은 문화에서 자랐다. 그런 건 여자들이나 하는 거로 알고 자란 세대다. 남자가 부엌을 드나들거나 빗자루 들고 화장실 드나드는 게 어른들 눈에 띄면 눈치를 봐야 했었다. 그러니 노인이 되어서 변기 청소하겠다고 나서는 게 쉽지 않다.

이런 점을 고려해 볼 때 남성 노인들에게 앉아서 소변보는 것을 권하고 싶다. 먼저 서서 소변볼 때 어떤 불편한 점이 있는지 보자. 남자들은 나이가 많아지면 노화가 진행되어 전립선이 커지게 된다. 국내의 50대 남성의 50%, 70대 남성의 70%는 전립선 비대증을 경험한다고 한다. 남자의 대부분이 노인이 되면 비슷한 상황에 놓이게 되는 것이다. 전립선이 커지면 소변보기가 힘들어진다. 소변기 앞에 서 있어도 소변이 잘 나오지 않고 한참 있다가 나오기도 하고, 나오더라도 시간이 오래 걸리고, 또 찔끔찔끔 나온다. 아랫배에 힘을 줘야 나오기도 한다. 소변을 자주 보게 되며 조금씩 나온다. 갑자기 소변이 마렵기도 한다. 예를 들어 소변보고 싶은 생각이 없다가도 화장실 옆을 지나게 되면 갑자기 소변이 마려워지는 것이다. 소변을 보는 도중에 소변 줄기가 뚝뚝 끊어지기도 한다. 이렇게 해서 소변을 보더라도 개운한 느낌이 들지 않는다. 오줌통을 덜 비운 것 같은 느낌이 든다. 밤에 자다가도 소변이 마려워 여러 번 깨기도 한다. 너무 많이 열거한 것 같지만 실제로 노인 중에 많은 사람이 여기에 해당한다.

　이럴 때 앉아서 소변을 보면 훨씬 편하다. 오래 서 있어서 다리 아플 일도 없고, 편하게 볼일을 보니까 잔뇨감도 훨씬 줄어든다.

　일본의 한 생활용품업체에서 서서 소변볼 때 오줌이 얼마나 튀는지 실험을 해 보았다. 일곱 번 소변을 보면 약 2,300개의 방울이 변기 바깥으로 튄다. 변기 바로 앞에서부터 반경 40cm,

벽은 바닥에서부터 30cm까지 튄다. 전에 국내의 한 TV에서 본 바로는 1m 이상 튀어가는 것으로 본 기억이 있다. 눈에 보이지 않는 작은 알갱이들이 생각지도 못한 곳까지 튀어 가는 걸 확대경으로 보여준 기억이 있다. 잘 알다시피 화장실에는 수건, 화장지, 칫솔, 치약, 비누, 샴푸 등 손으로 만져야 하는 물건들이 많다. 이들 물건에 오줌이 튀었다고 생각해 보라. 일반적으로는 대개 무관심하게 넘어가지만 예민한 여성들은 상당히 신경을 쓴다. 여러 번 소변을 보고 청소를 하지 않으면 이런 것들로 인해 냄새도 나고 불쾌한 기분이 든다. 노인 중에는 옷 세탁을 자주하지 못하는 사람도 있는데 실제로 옷에도 튀어간다. 성인의 경우 특히 건강이 좋지 않은 경우 지린내가 더 지독하다. 그래서 남성 노인들에게는 다시 한 번 앉아서 소변 보는 것을 권하고 싶다. 부인이 있다면 부인에게 늙어서 서비스한다는 생각으로, 독신이라면 자신의 주변과 몸을 깨끗이 한다는 생각으로.

경마와 오락

　박 씨는 올해 63세다. 취미는 경마다. 자기는 취미라고 하는데 제3 자가 보기에는 거의 중독 수준이다. 그는 젊었을 때 중학교에서 영어를 가르치는 선생님이었다. 결혼해서 아들과 딸을 두었고 행복하게 살았다. 학교에서 퇴근하면 곧장 집으로 오는 모범생 가장이었다. 담배를 피우지 않았고 술을 마시는 것도 좋아하지 않아서 퇴근 후 동료들과 술 마시는 자리도 별로 갖지 않았다. 특별히 좋아하는 취미도 없었으니 학교에서 일을 마치면 곧장 집으로 와서 가정생활에 몰두하는 스타일이었다. 40대 중반경 생활에 권태감이 느껴지고 재미가 없는 것처럼 여겨지던 차에 친구의 권유로 경마장에 가 보았다. 다른 취미가 없던 중에 경마를 보니 가슴도 시원해지고 같이 온 사람, 옆 사람들과 만나고 대화하고, 또 작은 게임을 하는 게 재미 있었다.

　처음엔 정말 재미 삼아 경마장엘 갔다. 적은 금액으로 마권도 사고 베팅도 했다. 그런데 차츰차츰 빠져들기 시작했다. 시간이 지나면서 가는 횟수도 늘어나더니 나중에는 주말마다 가지 않으면 못 견딜 정도가 되었고 베팅하는 돈도 점점 커졌다. 종래에는 월급봉투를 들고 가서 몽땅 날리고 온 적도 있고, 친지에게 돈을 빌려서 베팅하다가 몽땅 날리고 온 적도 있었다.

이러니 부인이 가만히 있을 리 없었다. 가정불화가 잦아지고 부부간에 싸움도 잦아졌다. 결국 부인은 집을 나갔고 이후 이혼을 했다. 아들딸도 엄마 따라 가고 그는 혼자가 되었다. 그 와중에 직장 생활도 그만두게 되었다. 돈 문제, 가정 문제가 얽히고설켜 교직원 생활을 더는 할 수가 없었다. 혼자가 된 뒤에도 경마는 그만둘 수가 없었다. 먹고 살기 위해 건설 현장에서 일용직일을 하고 일당을 받으면 보통 하루에 6만 원이었다가 지금은 8만 원으로 올랐는데 그 돈을 전부 경마 베팅에 날려 버렸다.

목요일 밤 잠자리에 누우면 천장에 말 뛰는 그림만 보인다고 한다. 일주일 열심히 일해서 번 돈을 주말에 다 날리는 것이다. 물론 딸 때도 있다. 그렇지만 잃었을 때 옆 사람에게 얻어먹은 게 있으니까 땄을 때는 당연히 한턱 사야 한다. 그러니 딸 때나 잃을 때나 손에 남는 게 없는 건 마찬가지다.

좀 크게 땄을 때는 많이 잃은 친구에게 조금 주기도 하는데 이걸 '뽀찌' 준다고 한다. 그의 말대로라면 이렇게 해서 날린 돈이 1억 원이 넘는다고 한다. 건설 현장에서 '노가다' 일을 한 지가 10년이 넘는데 전부 다 날리고 한 푼도 저축한 게 없으니 얼핏 계산해도 1억 원이 넘는다는 것이다. 지금 사는 곳은 쪽방이다. 그 돈 모았더라면 노후에 좀 편안하게 살 텐데 쪽방에 살면서도 매월 방값을 걱정해야 하는 처지다. 부인은 이혼했으니 그렇다 치더라도 자식들조차 연락 끊은 지 오래다. 가끔은 보고 싶을 때도 있단다. 그렇지만 이젠 살았는지 죽었는지조차 모른다.

나는 처음에 '경마하러 간다'고 해서 서울대공원 옆에 있는 과천 경마장에 가는 줄로 알았다. 그곳이라면 넓은 야외에서 시원한 공기 마시면서 말 달리는 것도 보고, 스트레스도 풀고, 기분도 만끽할 수 있으리라 생각했다. 그런데 그건 오산이었다. 처음 입문하는 사람은 정말로 운동장 위에서 말 달리는 걸 보고 하루를 즐겁게 보내고 오겠지만 중독이 된 사람들은 그렇게 하지 않는다.

서울 시내 가까운 곳에 화상 경마장이 여러 곳에 있다. 과천 경마장에서 말 경주하는 것을 화상으로 중계하는 곳인데 이 곳에 경마 도박하러 가는 것이다. 오락과는 거리가 멀다. 순전히 돈 놓고 돈 먹는 곳이다. 돈 잃고 기분 좋은 사람은 없다. 그러니 스트레스 푼다는 것도 괜한 말이다. 스트레스가 더 쌓이지 않으면 다행이다. 그래서 경마장이 있다는 신설동과 장안동을 가 봤다. 경마가 끝나는 시간대에 보니까 엄청난 사람들이 쏟아져 나왔다. 대부분 허름하고 간편한 복장이었다. 주로 일용직 근로자, 운전기사, 퀵 서비스 근로자, 작은 자영업체에서 일하는 사람 등 풍족한 생활과는 거리가 먼 일반 서민들이 대부분이었다. 투자하는 금액으로 보면 돈 많은 사람들이 더 많을지 모르겠지만 참여하는 사람 수로 보면 생활이 어려운 서민들이 대다수를 차지하고 있었다. 이 많은 사람 중에 돈을 따서 나오는 사람들은 얼마나 될까? 아주 적다. 대부분의 사람은 돈을 날리고 나온다. 따는 사람도 장기간을 걸쳐서 보면 돈을 다 날리게 된다. 돈이 없으니까 오히려 일확천금을 노려 계속 달려드는 것이다. 나이 들어서 경마 중독에 빠져 돈은 다 날리고 심신은 피곤에 절어 있는 사람들을 보면 안타깝기 그지없다.

경마는 어떻게 해서 생겨났을까? 역사적으로 봤을 때 말을 가장 잘 다루고 실제 생활에 활용한 것은 몽골 사람들일 것이다. 칭기즈칸은 1206년에 칸의 지위에 올랐고, 이때부터 세계를 정복해 나가기 시작했다. 중국, 중앙아시아, 중동을 거쳐 유럽까지 파죽지세로 밀고 나갔다. 말을 탄 기마병들 앞에서 보병 위주로 편성된 다른 나라들은 적수가 되지 못했다. 말 탄 병사가 나타나면 겁부터 집어먹고서 성문을 닫아걸고 버티거나 도망가기 바빴다.

말을 타고 공격하는 속도전에, 걸어서 뛰는 군대로는 당해낼 수가 없었다. 이런 상황으로 추정해 보면 당시의 유럽 국가들조차 말을 타고 활용하는 수준은 몽골에 훨씬 못미쳤던 것으로 짐작된다. 당시 몽골인들은 3~4세부터 말 타고 활을 쏘는 것을 가르쳤고, 말을 타고 경주하는 것도 즐겼다. 지금도 몽골에서는 최대 명절인 나담축제 때 경마와 활쏘기 시합이 있다.

기록으로 보면 기원전 7세기에 있었던 고대 올림픽 경기에도 전차 경주와 말 타고 달리는 시합이 있었다. 당시 전차 경주는 4필의 말이 전차를 끌고 달렸고, 경마는 안장도 없이 말의 맨 등에 올라타고 달리는 경주였다. 이 당시에는 순수하게 관람을 목적으로 시행된 것으로 보인다.

현대와 같은 경마의 시발점은 영국에서 시작되었다. 영국의 더비 백작이 1780년 5월 4일 처음으로 경마 대회를 개최하면서 그의 이름을 따서 더비 경마로 부르게 되었다. 이때부터 일반 시민들의 참여도 많아지고, 부수적으로 경마장 주변에서 사기, 음주, 소매치기 등도 발생했다. 이에 따라 정부에서 한동안 일반 시민들의 경마장 출입을 금지하기도 했다.

영국 의회는 1960년에 경마의 합법성을 인정했다. 우리나라에서는 1922년 사단법인 '조선경마구락부'가 발족하여 그 이듬해 처음으로 마권 판매가 인정되었다. 현재 한국마사회의 설립목적을 보면, '경마의 공정한 시행과 원활한 보급을 통하여 말 산업 및 축산의 발전에 이바지하고 국민의 여가 선용을 도모함을 목적으로 한다.'고 되어 있다. 사업 소개에는, '박진감 넘치는 경마 시행, 즐겁고 쾌적한 서비스, 말 산업 및 축산의 발전, 농어촌 복지 증진 사회 기여'의 4가지로 요약되어 있다.

이것으로만 보면 국민에게 즐거움을 제공하고 경제적으로 긍정적인 효과가 많을 것으로 생각된다. 그렇지만 실제 벌어지고 있는 현상은 그 반대의 효과가 더 큰 것 같다. 부유층은 마주가 되어 수익을 챙겨 가고, 각박하게 살아가는 소시민들은 한탕을 노리며 도박을 하게 만들어 인성을 피폐하게 만든다. 칼자루를 쥔 사람이 칼을 어떻게 사용하느냐에 따라 생활에 유용하게 되기도 하고 나쁜 결과를 초래하기도 한다. 의도는 좋지만 운영을 어떻게 하느냐에 따라 일반 시민의 안녕이 달려 있다. 마치 제

3의 세금을 거둬 들이듯이 마사회(정부)는 돈을 벌고 시민은 돈을 갖다 바치는 구조가 되어서는 곤란하다.

어찌 되었든 현재로써는 참여하는 시민들, 특히 나이 드신 분들이 돈을 잃고 굶는 일이 없도록 했으면 좋겠다. 순수하게 입장료 내고 관람한다는 기분으로 참여하면 좋겠다.

먹는 자와 먹히는 자

　자연계에는 먹이 사슬이란 게 있다. 식물은 햇빛, 공기, 물과 땅속의 영양분을 먹고 자란다. 메뚜기, 진딧물, 나비 애벌레와 같은 작은 초식성 곤충은 식물을 뜯어 먹고 산다. 개미, 사마귀 등은 이 작은 곤충이나 애벌레를 잡아먹고 자란다. 뱀, 올빼미 등은 또 이러한 작은 곤충을 잡아먹는다. 물론 초식성 동물은 풀을 뜯어 먹고 살고, 사자, 호랑이와 같은 육식성 동물은 이 초식성 동물을 잡아먹는다. 사자나 호랑이의 배설물은 식물의 거름이 되어 풀과 나무를 잘 자라게 한다. 지구 상의 모든 생명체는 이처럼 끊임없이 순환한다.

　인간은 잡식성이라 풀도 먹고 고기도 먹는다. 어찌 보면 인간은 자연계의 모든 생명체 중에서 가장 욕심이 많다. 배가 불러도 계속 먹을 것을 탐하고 저장하고 남의 것을 속여서 내 것으로 만든다. 아주 오래전 옛날에는 인간이 인간의 고기를 먹은 적도 있었지만 현대사회에서 이러한 짓은 용납되지 않는다. 미개인이나 하는 짓이다. 그러나 현대사회에도 먹는 자와 먹히는 자는 존재한다. 직접 잡아먹지는 않지만 보이지 않는 손으로 잡아먹는 자가 있다. 먹는 자는 대개 힘이 세거나 기술로 무장했거나 새로운 문명을 교묘히 이용한다. 먹히는 자는 대개 힘이 없는 약자이고 사고 판단력이 부족하고 새로운 문명의 기계에 뒤떨어진 사람들이다.

먹히는 자에는 대표적으로 노인이 포함된다. 노인들의 약점을 이용해서 자기 배를 채우려는 사악한 무리가 있다. 나이가 들면 노화가 진행되어 육체는 여기저기 고장이 난다. 자동차를 오래 타면 엔진도 마모되고 바퀴도 닳아 부품도 교체하고 정비 업체도 자주 드나들어야 하듯이 사람도 마찬가지다. 외부적으로는 허리가 아프고 관절이 아파서 걷기가 힘들어지고 잠시 움직이면 숨이 차기도 한다.

내부적으로는 소화도 잘 안 되고 아랫배가 묵직하고 소변이 힘들어지기도 한다. 변비도 발생하고 혈액순환이 잘 안 되어서 앉았다 일어서면 머리가 어지럽고 당뇨가 심해지기도 한다. 따라서 노인들은 건강에 관심이 많다. 젊을 때야 우선 몸이 팔팔하니까 건강관리에 무심하게 지냈지만 나이 들어 몸이 불편해지고 행동이 힘들어지면 자연히 몸 관리에 신경이 쓰인다.

상대적으로 판단력은 점차 흐려진다. 노인들 얘기를 들어 보면 '나도 젊었을 때는 기억력이 좋았어.' 또는 '나도 젊은 시절에 총명하다는 소리 들었어.'라는 사람이 많이 있다. 이런 소리 하는 사람도 실상은 남의 얘기에 솔깃해지고 잘 넘어간다. 당장 무릎이 아파 잘 걷지도 못하는데 '무릎에 좋은 건강식품이 있다.', '노인들 허리 아픈 데는 이게 최고'라는 소리 들으면 깜빡 넘어간다. 이런 노인의 약해진 마음을 파고 드는 사악한 무리가 많이 있다. 2014년 11월 7일 MBC 방송의 뉴스를 들어 보자.

> "단풍 관광을 가자며 노인들을 홍보관으로 유인한 뒤 의료기기를 비싸게 판 업체가 적발됐습니다. 식품의약품안전처에 따르면, 의료기 판매업체인 'ㅇㅇ 의료기'는 여행사와 짜고 노인들을 관광버스에 태워 홍보관으로 유인한 뒤 불법 제조된 원가 15만 원짜리 개인용 온열기를 4배가 넘는 65만 원에 팔아 왔습니다. 식약처는 해당 업체가 체험을 유도하며 면역력 증대 효과 등을 거짓 과대 광고해 최근 1년 동안 10억 원어치를 팔아 왔다며 지속적인 단속을 실시하기로 했습니다."

주로 관광을 미끼로 노인들을 홀리게 한다. 특별히 할 일도 없는 노인들은 하루가 정말 무료하다. 집에서 온종일 보내자니 눈치 보이고 몸도 좀 쑤신다. 경로당, 공원을 전전하지만 매일 같은 일상의 반복은 삶을 지루하게 만든다. 계절이 바뀌면 멀리 떠나고 싶은 생각도 들고 활짝 핀 산과 들의 꽃구경도 가고 싶지만 경제 사정도 여의치 않다. 일해야 쓸 돈이 생기는데 노인들이 일자리 구하기가 어디 쉬운가. 젊은 사람도 직장을 못 구해 놓고 있는 사람이 많은데 이왕이면 힘 좋고 빠릿빠릿한 젊은 사람을 쓰지, 동작 굼뜨고 힘 부족한 노인을 채용하는 곳은 잘 없다. 그러니 일을 하고 싶어도 일을 하지 못하는 게 현실이다.

이런 노인들에게 무료 관광을 내세우면, 대부분 솔깃해진다. 요즘은 무료 관광보다는 형식적으로나마 대개 1만 원, 또는 2만 원을 받는다. 하루 세끼 밥도 주고 관광도 시켜 주고 마지막에는 집 가까운 곳까지 데려다 준다. 마치 특별 대우를 해 주듯이 설명을 하니 깊게 재 보지도 않고 따라나서게 된다. 2014년 6월 3일 SBS 방송의 뉴스를 들어 보자.

〈앵커〉

무료관광을 미끼로 노인들에게 약이나 건강식품을 비싸게 파는 행태가 사라지지 않고 있습니다. 공짜란 말에 관광버스에 무심코 올랐다가 낭패를 볼 수 있습니다.

〈기자〉

경기도 파주의 한 건강식품 홍보관입니다. 관광버스가 도착하고 차에서 내린 노인들이 안으로 들어갑니다. 관광을 가는 줄 알고 따라 나선 노인들은 건강식품 홍보만 들었습니다. 식품 업체 대표 49살 유 모씨 등 일당은 임진각과 비무장지대 등을 무료 관광시켜 주겠다며 노인들을 모은 뒤 이곳으로 데려와 제품을 팔았습니다. 전문 강사까지 동원해 홍삼이나 녹용 등 건강식품을 만병통치약인 것처럼 속여 판 것으로 경찰 조사 결과 드러났습니다. 5만 6천 원에 구매한 홍삼을 72만 원에 파는 등 3배~12배의 폭리를 취했다고 경찰은 설명했습니다. 돈이 없으면 할부로 주겠다고 한 뒤 채권 추심 업체에 넘겨 독촉하기도 했습니다.

<경기도 고양경찰서 지능팀장>

　돈이 회수가 안 될 때는 민사 소송을 하겠다는 최고장도 발송하고 그러니까 어르신들이 심리적으로 굉장히 압박을 받는 거죠.

<기자>

　이들은 2012년부터 노인 1만6천 명에게 건강식품과 의료기기 40억 원어치를 판 것으로 경찰 조사결과 드러났습니다. 경찰은 식품 업체 대표 6명과 모집책 등 66명을 불구속 입건하고 관계 기관에 세무 조사와 행정 처분을 의뢰했습니다.

　이런 일을 당한 노인들은 물품을 사들일 당시에는 잘 산 것인지 잘 못 산 것인지 분간이 잘 안 된다. 그 자리에서는 그들의 설명에 현혹되어 있기도 하고, 그렇지 않더라도 강압적인 분위기여서 판단력이 흐려져 있다. 집으로 돌아 온 뒤에 찬찬히 살펴보고 생각해 보면 정신이 번쩍들 수 있다. 가격이 너무 비싸게 여겨질 수도 있고, 필요도 없는 것을 샀다는 생각이 들 수도 있고, 효과가 없는 것일 수도 있다. 그렇지만 이미 때는 늦었다. 우선 어떻게 대응해야 하는지 잘 모르고 반품은 받아 주지도 않는다. 이 핑계 저 핑계를 대면서 질질 끌기도 하고 때로는 윽박지르기도 한다. 이로 인해 부부간에 불화가 생기고 자식들과 원한이 생기기도 한다.

　먼저 이런 일이 생기면 혼자서 결정하지 말고 가족들과 상의를 하는 게 좋다. 가족이 없으면 자주 만나는 가까운 사이의 친지들과 상의해도 좋다. 무료 관광, 또는 관광 비용이 터무니없이 싸다면 일단 의심을 해 보는 게 좋다. 싼 데는 이유가 있을 것이다.

며칠 전 서울 왕십리역 앞에서 광고 전단을 한 장 받았다. 내용을 살펴보니 제일 상단에 큰 글씨로, '경주 왕벚나무꽃 및 불국사 관광'이라고 적혀 있고, 그 바로 밑에, '불국사 입장료 포함 식사 3식 제공(아침, 점심, 저녁)'이라고 적혀 있다. 그리고 왼쪽 아래쪽 구석에, '특별 행사가 20,000원'이라고 적혀 있다. 여기까지는 그래도 글씨 크기가 중간 정도는 되어서 노인이어도 읽을 수 있는 상태가 된다. 오른쪽 아래의 가장 구석진 곳에는 깨알 같은 글씨로, '쇼핑 코스가 포함되어 있음'이라고 적혀 있다. 관광을 주관하는 사람의 입장에서는 가장 중요한 목적이지만 참여하는 노인들 입장에서는 가장 불필요한 일인 만큼 잘 보이지도 않게 후미진 자리에 조그맣게 적어 놓은 것이다. 눈이 침침한 노인들은 잘 볼 수도 없는 글씨다. 나중에 혹시라도 문제가 발생하면 발뺌할 수단으로 미리 공지 사항으로 적어 놓은 셈이다.

주관하는 사람은 이렇게 주도면밀하다. 관광은 하루 코스다. 아침 일찍 출발해서 경주 왕벚나무꽃을 보고 불국사 갔다가 보문호수를 관광하고 당일 저녁에 서울로 돌아 온다. 이 사이에 쇼핑 코스를 들러서 와야 한다. 서울에서 경주 불국사까지 갔다 오려면 온종일 걸린다. 관광만 하더라도 하루 시간으로는 벅차다. 게다가 쇼핑 코스까지 끼어 있으니 시간을 맞추기 위해 운전기사는 과속할 수 밖에 없다. 실제로 이런 이유로 과속 운전하다가 사고 난 경우가 여러 번 있었다.

관광 비용은 어떤가. 세 끼 식사에 불국사 입장료까지 포함해서 2만 원이다. 이것만 하더라도 2만 원으로 빠듯하다. 그러면 왕복 차량의 휘발유 값은 어떻게 해결하나. 운전기사의 인건비는 누가 부담하나. 안내인(가이드)의 하루 일당은 어떻게 지급하나. 근본적으로 2만 원을 받아서는 부족할 수밖에 없다. 그러니까 쇼핑에서 모자란 돈도 채우고 수익도 내야 하므로 상품을 강매하지 않을 수 없는 구조다. 쉽게 말해서 '안 사면 되지'라고 생각할 수 있겠지만, 그렇게 쉽게 물러설 그들이 아니다. 공짜로 선심을 써서 관광시켜 주는 게 아닌 이상 그들은 안 사고는 못 배길 정도로 교묘히 집요하게 꼬드긴다. 거의 강매나 마찬가지다. 적어도 이 정도의 고려는 하고 난 뒤에 갈지 안 갈지 판단을 하는 게 좋다.

속는 자와
속이는 자

학교에 다닐 때 '직업에는 귀천이 없다'고 배웠다. 어떠한 일이든 자기 적성에 맞는 일을 열심히 한다면 그것으로 좋다는 뜻이다. 그런데 좀 더 사회생활을 하다 보니 직업에 귀천이 분명히 있다는 것을 느끼게 된다. 하고 많은 일 중에서 왜 하필 남을 속이고 기만해서 자기 잇속을 챙기는 일을 하는 걸까. 사람의 불안한 심리나 외롭고 힘든 처지를 이용해서 사기를 쳐서 돈을 버는 행위는 정말 비열한 직업 중에 하나다.

간혹 주택이 많은 지역을 가다 보면 화장지나 세제, 달걀 한 판 등을 들고 가는 노인들 일행을 볼 수 있다. 들고 가는 상품의 포장이나 모양새가 똑같아서 그 한 무리의 사람들이 같은 일행임을 금방 알아볼 수 있다. 이들이 나온 곳은 일명 '떴다방'이라고 일컫는 건강식품을 홍보·판매하는 곳이다. 판매업자들은 사무실이나 상가, 지하실 등을 단기간 임대해서 건강식품 홍보관을 차린다. 상품을 갖춰 놓고 때로는 안마기 같은 노인들이 이용하기 편한 건강 기구도 갖춰 놓고 노인들을 끌어모은다.

처음에는 상품 홍보에는 신경 쓰지 않는 듯이 행동한다. 안마기나 족욕기와 같이 노인들이 좋아하는 기구들을 무료로 편하게 이용하라며 권한다. 가끔 커피도 한 잔 주기도 하고 건강에 관한 조언도 해 준다. 노인들 중에 허리, 무릎, 관절이 아프지 않은 사람이 거의 없으니 이런 증상에 대해 주의할 점이나 치료 방법, 좋은 음식 등을 얘기해 주면 다들 귀가 솔깃해지고 고마운 마음마저 든다. 이렇게 해서 어느 정도 친밀해지면 자기네 상품에 대해 홍보를 한다.

상품은 대개 건강에 좋다는 식품들이다. 헛개나무, 상황버섯, 블루베리류를 짠 즙이나 오리 중탕 등이다. 설명을 들어 보면 당뇨, 고혈압, 심혈관, 허리 통증, 노화 방지 등 노인들이 지니고 있는 모든 병에 다 좋다고 한다. 처음에는 한 가지 질환으로 시작하다가 한참 들으면 만병통치약으로 변모해 간다. 가격도 만만치 않다. 보통 15~20만 원이다. 선뜻 사기에는 부담스러운 가격이라 머뭇거리고 있으면 그동안 건강 기구를 공짜로 이용한 것, 커피까지 대접한 것, 건강 관련 설명해 준 것을 마치 건강관리를 해 준 것처럼 생색내며 상품을 구매하도록 압박한다. 순진한 노인들은 여기에 못 견디고 구매 계약을 하게 된다. 이 사람들은 한 번 알게 된 노인들을 통해 주위의 친구나 다른 노인들을 데려오게 유도한다.

서울에 사는 최 모 씨(60세)는 친지의 소개로 건강식품을 판매하는 곳에 가게 되었다. 그는 술을 즐겨 마셨으며 주량도 많아서 한자리에 앉으면 소주 두 세 병은 거뜬하다. 그래서 간 건강이 안 좋으리라고 짐작을 하고 있다. 전에 병원에 갔을 때는 콜레스테롤 수치가 높고 혈압이 엄청나게 높다고 해서 약을 먹고 있다. 일하다가 허리를 삐끗한 적이 있어서 그런지 가끔 다리의 종아리 부분과 허벅지 쪽이 당기듯 하며 아플 때가 있어서 앉았다 일어설 때 손으로 짚어야만 일어설 수 있을 때도 있다. 그렇지만 병원에 가지는 않는다. 검사 비용도 부담스럽지만 그것보다는 검사 결과가 큰 병으로 판명 날까 봐 걱정이 되어서 가기가 싫다.

그의 아버지 역시 술을 거의 매일 마시다가 간암으로 50대 초반에 죽었으며 그의 큰형도 간이 좋지 않아 환갑도 되기 전에 죽었다. 그는 어릴 때부터 술을 즐기는 집안 분위기에서 자랐으며 그도 일찍부터 술을 마시게 된 것이다. 이런 탓에 그는 병원에서 피 검사하는 것을 무척 싫어한다.

이러던 차에 그가 건강식품 판매자를 알게 되었다. 그곳에서는 아로니아즙을 팔고 있었다. 판매자의 말에 의하면, 아로니아는 안토시아닌과 폴리페놀을 많이 함유하고 있는데 블루베리보다 훨씬 효능이 좋다고 한다. 특히 자기들이 사용하는 아로니아는 핀란드에서 직접 수입한 것이라 국내에서 재배한 것과는 질이 다르다고 했다. 심혈관 질환에 좋고 당뇨, 관절염, 시력 약화에도 좋고, 노화 방지를 한단다. 항암 효과도 있고 고혈압에도 효능이 좋다고 했다.

들어 보니 자기 몸에 딱 좋을 것 같아서 두 달 치를 구매·계약했다. 가격은 48만 원. 한약재처럼 작은 폴리 팩에 넣은 건데 120봉이다. 원래 1봉에 7,000원인데 두 달 치는 할인해서 48만 원에 주는 거라고 했다. 이걸 아침저녁 한 개씩 하루에 두 개를 먹으면 효과가 좋다고 했다. 며칠 뒤 상품이 배달되어 와서 먹어 보았다. 그런데 즙이라면 농도가 좀 진해야 할 텐데 주스처럼 농도가 묽었다. 주변 사람들에게 보여 주고 의견을 물어보았다. 다들 '아로니아 주스를 산 거냐'며 핀잔을 주었다. 일반 주스가 한 팩에 4천 원이라면 너무 비싸지 않은가. 비싸더라도 오백 원이나 천 원이라면 모를까 4천 원이면 너무 비싼 거다. 그제야 본사에 전화해서 환불 요구를 했다. 전화 받은 담당자는 '포장을 뜯어 본 거냐, 팩을 개봉한 거냐'고 물어본 뒤 당연하다는 듯이 환불이 안 된다고 했다. 포장을 뜯은 걸 환불 안 해 주는 건 법적으로도 문제가 없다고 했다. 전화해 봤자 말싸움밖에 안 되었다.

한 가지 문제가 더 있었는데, 다음 날 소개해 준 친지에게서 연락이 왔는데 개봉한 걸 왜 환불해 달라고 하냐면서 화를 냈다. 그리고는 물건이 좋은 거니까 효과가 있을 거라고 했다. 더 얘기하다가는 그 친지하고 싸움이 날 것 같아서 그만두었다. 그 친지가 말하지는 않았지만 최 씨의 생각으로는 그가 소개해 준 대가로 수수료나 수당 같은 걸 챙긴 것 같은 느낌이었다.

노인들을 상대로 하는 다단계 사기에는 몇 가지 유형이 있다.

하나, 고수익 사업에 투자하도록 권유하는 것이다. 경제 사정이 어렵고 수입이 없는 노인들의 약점을 이용해서 적은 돈을 투자하면 고금리를 보장해 준다고 꼬드기는 것이다. 예를 들어 천만 원을 투자하면 매월 2백만 원의 수익을 보장해 준다는 식이다. 일자리도 없고 수입이 없는 노인들로서는 귀가 솔깃해질 수밖에 없다. 물론 그걸 믿게 하도록 계획서, 유명 회사 또는 유명인과의 투자 합의서, 공장 견학 등을 철저히 준비한다. 전부 가짜지만 말이다.

둘, 건강식품을 판매하는 것이다. 건강에 이상이 없는 노인은 찾아보기 힘들다. 고혈압, 당뇨나 허리, 무릎 관절염 등은 노인 대부분이 가진 질환이다. 게다가 다가오는 죽음에 대한 불안도 상존한다. 죽음 자체에 대한 불안보다는 어떻게 하면 안 아프게 살다가 깨끗하게 죽을 수 있을까, 하는 심리가 크다. 이런 점을 노린다. 초기에 400~500만 원어치의 상품을 구매하도록 유도한다. 그렇게 해야 직급을 높이고 수익을 많이 챙겨 갈 수 있다는 논리다. 일단 물건을 사면 그걸 다른 사람에게 판매하도록 강요한다. 산 물건은 환불이 안된다.

셋, 상조 회사에 가입하도록 만든다. 곧 다가올 죽음에 대비하라는 것이다. 죽음이라는 말 자체는 듣기 싫지만 그로 인해서 자식들에게 피해 주지 말고 조용하고 편안하게 갈 준비를 하라고 한다. 모든 사람은 자식들을 끔찍하게 여긴다. 자식이 잘 되기를 바라고 나로 인해 자식이 불편해지거나 어려워지지 않기를 바란다. 이런 심리를 노린다. 일단 가입하면 해약이 어렵고 환불은 절대 안 해 준다. 그리고 혜택도 계약대로 되지 않는다.

2015년 4월 2일 KBS 뉴스를 들어 보자.

〈앵커〉

　은퇴한 노인들을 노린 다단계 사기가 기승을 부리고 있습니다. 노후 자금을 불리려고 투자했다가 돈을 몽땅 날린 피해자가 220여 명에 이릅니다.

〈리포터〉

　버스 기사로 일하다가 4년 전 은퇴한 76살 엄 모 씨. 노후 자금 천만 원을 지난해 한 철근 유통 회사에 투자했다가 모두 날렸습니다.

〈녹취〉

　엄 모 씨(76살/다단계 사기 피해자): "노후에 돈이 없으니까 조금이라도 보탬이 될까 싶어서 그렇게 (투자)한 것이죠. 충격이 커요. 아이들도 모르는데 이런 일……."

　75살 박 모 씨도 투자로 6천만 원을 돌려받지 못했습니다. 알고 보니 다단계 사기였습니다.

〈녹취〉

　박 모 씨(75살/다단계 사기 피해자): "융자를 6천만 원 (받아서 회사에) 넣었어요. 막막하다 말고요. 말도 못해요."

　조 모 씨 등 일당 5명은 유령 회사 2곳을 차려놓고 다단계 방식으로 투자자를 모집했습니다. 천만 원을 투자하면 매주 150만 원씩 두 달 뒤에는 천 200만 원을 돌려준다고 유혹했습니다. 돌려 막기를 통해 실제로 배당금을 주며 신규 투자자를 계속 늘려 갔습니다. 피의자들은 이곳에서 투자 설명회를 열거나 인근 공장을 견학 시켜 주는 수법으로 피해자들을 안심시킨 뒤 돈을 가로챘습니다. 피해자 수가 220여 명에 전체 피해액은 23억 원에 이릅니다. 대부분이 6~70대로 한 사람이 많게는 일억 원이나 날렸습니다.

〈인터뷰〉

　경남 창원서부경찰서 수사과장: "(투자하기 전에) 세무서에 그 회사의 자본 상태나 거래 실적을 확인해 보셔야(합니다)." 경찰은 조씨 등 다단계 사기단 4명을 검거하고 도주한 나머지 일당을 쫓고 있습니다.

　뉴스에서 들은 바대로 노인들의 불안한 심리를 이용해서 투자 사기를 하고 있다. 노인들이 다단계 사기에 잘 속는 이유는 뭘까.

　하나, 은퇴자이므로 경제적으로 어렵다. 노인이라 할지라도 돈이 없으면 생활을 유지하기가 힘들다. 친구도 만나고 놀러도 다니고 식사를 하려면 돈이 필요하다. 적은 돈으로 수입을 만들려다 보니 고수익이라는 말에 쉽게 넘어간다.

　둘, 가장의 역할은 경제력에서 온다는 생각 때문이다. 돈을 벌지 못하면 가장으로서의 역할을 상실한 것으로 취급된다. 그래서 가장으로서의 체면, 자존감을 찾으려고 욕심을 낸다.

　셋, 신체의 기능이 약화되어 심리적으로 불안하다. 아픈 곳도 많아지고 몸을 움직이는 것도 불편해지므로 정신적으로 안정이 되지 않는다.

넷, 배우자의 사망, 자식의 분가 등으로 인한 사회적 불안감이 있다. 고립되어 있다는 생각, 고독감 등으로 인해 누군가 친밀하게 대해 주면 쉽게 의지하려고 한다.

다단계 사기 판매자의 특징으로는 어떤게 있을까.

하나, 말을 많이 한다. 이런저런 논리를 잘 끌어다 붙이며 같은 말을 여러 번 해서 세뇌가 되게 만든다.

둘, 상대방의 말을 잘 듣지 않는다. 상대가 말을 하거나 대꾸를 하면 중간에서 말을 자르고 '자세한 말을 끝까지 들어 보라'고 하면서 또 다시 설명을 계속한다.

셋, 매우 친절한 듯이 행동한다. 커피도 사 주고 고민도 들어주면서 매우 인간적인 면모가 있음을 보여 준다.

넷, 인맥이 넓은 척한다. 이름깨나 알려진 사람을 잘 들먹이며 과시한다.

다섯, 많이 아는 척한다. 특히 건강식품이나 약용 재료에 대해서는 모르는 것이 없다.

여섯, 유명한 상표의 옷을 입고 다닌다. 깔끔하고 세련된 것처럼 보인다. 신발도 유명한 상표의 것을 신는다.

일곱, 좋은 차를 타고 다닌다. 실제로는 중고차겠지만 겉으로 보기에는 좋은 차처럼 보인다.

여덟, 물건이 달린다고 얘기한다. 그러니 지금 당장 계약해야 물건을 확보할 수 있다고 말한다.

아홉, 직접 만나서 얘기하려고 한다. 전화나 이메일 등으로는 상세한 얘기를 잘 하지 않는다.

버리는 자와
버려지는 자

나이든 사람들과 얘기하다 보면 '세상 참 살기 편해졌다.'라는 말을 잘 듣는다. 지금의 노인들이 젊었을 때야 해방에서 6.25 전쟁까지 어수선하고 먹을 게 부족한 시절이었으니 그때와는 천양지차다. 하긴 대부분의 노인들이야 그 당시 어린애였거나 초등학교에 갈 정도였겠지만 사회의 분위기를 감지하기에는 충분한 나이였을 것이다.

이제는 먹거리도 풍부해졌고 살아가는 질도 많이 향상되었다. 오래 살고 싶은 인간의 욕망도 엄청나게 해결되었다. 그러니 편하게 살 수 있게 되었다는 것은 부인하지 못한다. 편하게 살 수 있게 된 것과 함께 등장한 것이 일회용품의 사용이 아닐까. 식기, 수저, 쟁반, 컵 등을 먹을 때마다 씻어야 했던 지난날의 어머니들은 얼마나 힘들었을까. 특히 겨울철 찬물에 씻을 때에는 손등이 갈라 터져 심하면 피가 흐르기도 한다. 집에서 잔치라도 치를 때면 이만저만 고역이 아닐 수 없다.

그런 때에 비하면 지금은 일회용품이 넘쳐 흐른다. 자식들이 소풍을 갈 때도 일회용 그릇에 담아 보내면 다시 갖고 올 필요 없이 그저 버리고 오면 끝이다. 잔치를 치르든 장례를 치르든 사용한 용기는 둘둘 말아서 쓰레기통에 집어 넣으면 깨끗이 정리된다. 이뿐만이 아니다. 옷도 일회용으로 사용하고 일상생활에 많은 것들이 일회용으로 사용된다. 버려지는 쓰레기의 양이 많아지고 환경오염이 문제가 되지만 개개인의 입장에서 그것까지 걱정하는 사람은 없다. 그것은 관공서나 정부에서 할 일이지 개인이야 간편하고 힘이 덜 들면 그것으로 만족한다.

편하고 위생적인 면에서 시작된 일회용품의 대상이 이제는 사람에까지 확장되었다. 사람도 필요할 때 한 번 쓰고 버리면 끝인 것이다. 넓은 의미에서 보자면 아르바이트나 일용직도 일회용으로 볼 수 있겠다. 그리고 요즘 한창 논쟁이 되고 있는 비정규직도 좀 더 넓은 의미에서 본다면 일회용품에 해당될 수 있다. 그렇지만 이런 일자리는 하나의 직업으로 그 특성을 부여할 수도 있고, 특히 그 일 자체가 사회적·경제적으로 직업의 순기능이 더 크므로 굳이 화제로 올리고 싶지 않다.

일회용이라는 말에 가장 합당한 사람으로는 '바지 사장'이 있다. 바지사장은 명의 대여만 해 주고 회사 경영에는 참여하지 않는다. 명의를 대여해 주는 대가로 월 100만 원에서 200만 원 정도를 받는다. 물론 위험 부담이 클수록 대가를 좀 더 받는다.

실제 사장이 자기 명의로 사업을 하지 않고 바지 사장을 고용하는 이유는 간단하다.

하나, 과거에 부도를 낸 적이 있어서 자기 명의로 회사를 운영할 수 없는 경우

둘, 신용불량자인 경우

셋, 불법 사업을 운영하려는 경우이다.

이 중에서 바지 사장의 수요가 가장 많고 영위하는 기간이 가장 짧은 게 셋째인 불법 사업의 경우이다. 불법 게임 업체, 다단계 판매, 인터넷 사기 업체 등이 주로 많지만 이 외에도 의료업, 유통업, 건설업, 유흥업 등 다양하다.

불법 사업이므로 언제 수사기관에서 들이닥칠지 또는 피해자가 고발할지 알 수 없다. 실제 사장은 이런 때를 대비해서 바지 사장을 고용한다. 사건이 발생하면 실제 사장은 도망가거나 잠적해 버리고 아무것도 모르는 바지 사장은 잡힌다. 이럴 때 바지 사장은 자기가 실제 경영하는 사람이 아니라는 것을 증명하기도 어렵거니와 증명하더라도 죗값을 피하지는 못한다.

조세범 처벌법 제11조(명의 대여 행위 등)에 의하면 조세 등의 목적으로 타인 명의로 사업자 등록을 한 자는 2년 이하의 징역 또는 2,000만 원 이하의 벌금형을 받는다. 명의를 빌려준 사람은 1년 이하의 징역 또는 1,000만 원 이하의 벌금형을 받는다.

실제로 2013년 발생한 인터넷 판매 사기 사건의 판결이 있었는데 명의 대여자(바지 사장)가 실제 경영상의 관여가 없더라도 사기로 인한 피해에 대해 실제 사장과 연대 배상해야 한다는 판결이 있었다.

그러므로 당장 돈이 급하거나 일자리가 없어서 돈벌이가 어렵

다고 하더라도 바지 사장에 함부로 나서는 것은 피해야 한다.

바지 사장을 필요로 하는 쪽(실제 사장)에서는 어떤 사람을 대상으로 삼을까.

하나, 무직자

둘, 급전이 필요한 자

셋, 소득이 없거나 적은 자

넷, 재산이 없는 자(구인자 입장에서는 크게 중요하지 않지만 구직자 입장에서는 매우 중요함)

다섯, 사업을 잘 모르는 자(노인 등) 등이 그 대상이다.

인터넷 카페에 보면 바지 사장을 구하는 문구가 가끔 뜨는데 한 예를 보자.

'무직자 가능, 생활 지원금 소액, 바지 사장 구함, 24시 상담, 월 200 이상 보장, 문의주세요.'

이런 걸로 보면 은퇴자들이 적당한 대상이 된다. 은퇴자는 직장 또는 개인 일을 하다가 그만둔 사람들인데 막상 그만둔 이후의 생활은 그만둘 당시의 예상과는 달리 시간은 너무 많이 남고, 쓸 돈은 너무 적다. 또 경제 활동을 하던 행태가 몸에 배어 있는 관계로 갑자기 수입이 없어지면 가정 내에서도 소외 당하는 기분이 든다. 그래서 새로운 일자리를 찾아보지만 이미 시장에서 퇴출 되었다는 대접만 받을 뿐 일자리는 잘 나타나지 않는다. 그러다 보니 이런 꼬임에 솔깃해진다.

나이와 몸값

　서울 동대문구의 한 사우나탕에서 일하고 있는 김 모씨는 올해 75세다. 60대 초반에 보일러 기사로 들어와서 지금까지 한 곳에서 일하고 있다. 처음에는 보일러 기사로 취직을 했는데 월급을 200만 원 받기로 했다. 3층 건물에 남여 사우나탕이 있고 지하에는 주차장이 있는데 혼자서 일을 해도 그렇게 힘들지도 않고 바쁘지도 않았다. 단지 보일러 기사가 혼자뿐이다 보니 교대해 줄 사람이 없어서 잠은 주차장 옆에 있는 작은 방에서 자고, 일주일에 한 번 집에 가기로 했다.

　집은 인천에 있는데 부인과 딸이 같이 살고 있다. 딸이 올해 45살인데 어쩌다 보니 아직 결혼을 하지 않고 있다. 딸은 한복 만드는 일을 하고 있는데 그런대로 일거리는 꾸준히 들어와서 혼자 살기에는 부족함이 별로 없다. 그런데 몇 년 전 친구의 보증을 섰다가 연대채무를 지게 되어 천오백만 원의 빚을 지게 되었다. 어떻게 된 건지 채권자가 딸에게 빚을 갚으라고 못살게 구는 것 같아서 아버지인 죄로 김씨가 그 돈을 갚아 주었다.

천오백만 원은 김씨에게 적은 돈이 아니다. 월급 받아 생활비 쓰고 나면 남는 게 별로 없다. 지금은 딸도 커서 돈을 버니까 그래도 조금씩이나마 저축을 하는데 겨우 노후에 쓰려고 모아 놓은 목돈을 홀랑 빚 갚느라고 다 써 버렸다. 그러니 아직 일을 그만둘 수가 없다. 남들은 '나이도 많은데 이제 좀 쉬지.'라고 생각하지만 다행히 아직 일을 하는 데 건강상으로 문제 되지는 않는다. 그런데 월급에 대해서는 불만이 많다. 60대 초에 처음 시작할 때는 보일러 가동과 관리만 하는 걸로 했는데 몇 년 지나자 사장은 사우나탕 자체의 보수와 유지도 그에게 맡겼다. 기계나 건물이 오래 쓰면 마모나 부식이 되므로 그럴 때는 부품 교체도 해 주어야 하는 것이다. 그렇지만 월급은 똑같이 200만 원이었다.

이미 나이가 70살이 다 되어 가니까 다른 곳으로 옮겨 갈 수도 없었다. 젊을 때 같았으면 진작 보따리 싸고 다른 직장을 알아봤겠지만 나이 70살 먹은 사람을 써 줄 곳도 없을 것 같아서 그냥 눌어붙어 있기로 했다. 일이 그렇게 많은 것이 아니어서 육체적으로 힘들지는 않았지만 기분이 별로 유쾌하지 않은 것은 숨길 수 없었다. 집에 있는 마누라와 딸을 생각하면 남자로서 이 정도는 참고 지내야지, 하는 마음에 별로 군소리 하지 않고 일을 했다. 그로부터 3년 정도 지났을 때였나, 사장은 그에게 사우나탕 내의 휴게실 청소도 좀 해달라고 했다. 월급은 170만 원으로 하자고 했다. 이유는 손님도 줄고 장사가 잘 안 되니 경비라도 줄이자는 거였다.

나이는 벌써 73살. 사장은 그가 그만두지 못할 거라는 걸 알고 있었다. 그 나이에 어디 가서 새로운 일자리를 구하지 못할 거라는 계산을 하고 있었다. 그렇지만 이건 그가 생각하기에 공정치 못했다. 일의 양은 오히려 늘었다. 보일러 관리에다 시설 보수에다 이젠 휴게실 청소까지 늘어났다. 일을 잘 못해서 사고가 난 적도 없었다. 젊은 사람이 한다 치더라도 일의 질을 더 낫게 할 수는 없었다. 오랜 경험을 가진 사람이라서 일의 배분 또는 부품이 마모되는 예측, 고장 처리 등이 오히려 무리 없이 잘 수행될 수 있었다. 그런데도 월급은 170만 원으로 줄었다. 그도 고민을 많이 했지만 다른 선택을 할 수가 없었다. 나이라는 장벽 때문에 새로운 곳으로 옮길 수가 없었다. 그래서 월급에 대해 불만은 많지만 지금도 일하고 있다.

일하는 것은 경험이 쌓일수록 처리하는 요령도 발전하고 사고를 미연에 예방하는 조치도 미리미리 할 수 있기 때문에 고용주의 입장에서는 경험자가 훨씬 안전하다. 그래서 일반적으로 경험이 많을수록 월급도 올라간다. 신입사원 두 사람이 해도 못할 일을 경험자가 혼자서도 거뜬히 해결하는 경우는 직장에서 흔한 일이다. 이런 게 정상적인 과정일 텐데 나이가 많아지면 얘기가 달라진다. 김 모 씨의 경우를 보면 그가 하는 일의 양은 전보다 늘어났는데 월급만 줄어들었다. 늙어가는 것도 서러운데 같은 일을 하고 돈은 적게 받으니 억울할 법도 하다. 일반적으로 직장에서 몸값이 하락하는 것은 어떤 경우일까.

하나, 기술이 없을 때

둘, 전문 지식이 없을 때

셋, 직장 문화에 적응하지 못할 때

넷, 동료, 상사, 부하 직원 등과 인간관계가 원활하지 못할 때

다섯, 근무 태만

여섯, 업무상의 부정부패가 있을 때

이와 같은 사유가 아니면 몸값이 떨어지지 않는다.

여기에 '늙으면 몸값이 깎인다'는 정서적인 법이 존재한다.

나이가 많다고 월급을 깎는 이유는 뭘까.

하나, 피고용인의 선택권이 없다.

둘, 노동력(힘)이 떨어질 것이라는 예측

셋, 기술이나 전문 지식이 점차 소멸해 갈 것이라는 예측

이런 정도의 이유 때문이 아닐까 싶다. 가장 중요한 것은 피고
용인의 선택권이 없다는 것인데, 이것은 사장이 월급을 다소 깎
더라도 근로자가 끌려올 수밖에 없다는 것이다. 업무를 완수하
는 데 별 지장이 없을 정도의 건강을 유지하고 있는데도 월급이
깎이는 것을 감수해야 하는 것은 나이를 먹는 것에 대한 죗값이
라고 해야 하나.

제4장 》

자연과 소통

삶의 의미

우리가 살아가면서 가장 많이 하는 질문이 있다. '어떻게 살아야 할까?', '무엇을 해야 잘 살 수 있을까?' 지금까지 살아오면서 끊임없이 이 질문에 부닥치고 또 그것을 해결해 나가기 위해 노력해 왔지만 아직도 확실한 대답이 없다.

한 가지 일을 해놓고 옆을 보면 옆 사람은 나보다 더 많은 일을 한 것 같고 뒤를 돌아보면 뒷사람은 나보다 더 훌륭한 일을 한 것 같다. 이런 상대적인 사고방식 속에서 살아가다 보니 머릿속이 개운할 날이 없다. 아무리 열심히 해도 남보다 못한 것 같고 남보다 잘살지도 못하는 것 같다. 이러니 항상 스트레스를 안고 산다. 몸은 피곤하고 건강 상태는 계속 불균형하게 흘러간다.

우리가 얼마나 바쁘게 살아왔는지 지나온 길을 한번 되돌아보자. 학교에서는 늘 시험 성적에 목이 매여 여유로운 시간을 찾을 수 없다. 학교를 마치고 집에 와도 마찬가지다. 친구는 어느 학원에 다니는지 살펴봐야 하고 옆집 아이는 어떤 특기 과목을 공부하는지 알아봐야 하고 그래서 나도 고르고 골라서 학원

엘 가야 한다. 이게 한 과목이 아니다. 피아노, 태권도, 미술에 서부터 영어, 수학, 국어에 이르기까지 3~4종류는 기본이다. 이 걸 안 하면 마치 인생길에서 낙오되는 것처럼 여긴다. 한 번 처 지면 영원히 못 따라잡을 것 같은 기분이다. 그래서 머릿속에 들어오든 말든 다녀야 하고 내 적성에 맞든 안맞든 배워야 한 다. 규격화된 제품을 만들기 위해 공장의 제조 과정을 거치는 것과 같이 초등학교 때는 피아노, 고등학교 때는 수학, 이런 식 으로 우르르 몰려다닌다. 그 과정마다 옆 사람과 비교해야 하고 경쟁을 해야 한다.

대학교로 진학하더라도 별로 달라지지 않는다. 대학이라는 곳 은 성인이 되기 위한 준비를 하는 곳이다. 동아리 활동도 하면 서 친구를 사귀고, 사회 참여 활동을 통해서 사회를 보는 안목 도 키우고, 봉사 활동을 통해서 이웃을 돕는 마음을 가다듬는 게 좋다. 그렇지만 현실은 취업 준비에 매달려야 하고 주위에 마 음을 나눠 줄 여유는 갖지 못한다.

어렵사리 취업에 성공했다 하더라도 역시 진급과 고과 성적을 위해 경쟁해야 한다. 남보다 낫지 않으면 내가 진급할 수 없고 남보다 잘하지 않으면 살아남을 수 없다.

이러한 끊임없는 압박과 경쟁을 하느라 정신을 온전하게 유지 하기가 어렵고, 몸은 스트레스에 치여 항상 피로에 지친다. 몸과 마음이 따로 분리되지는 않는다. 몸이 지치면 마음도 안정이 되 지 않고 사회와 다른 사람에게 공유할 마음의 여유가 생기지 않 는다. 노화는 우리가 인식하지 못하는 사이에도 계속 진행되고 있다. 세상과 이별해야 하는 순간이 서서히 다가오고 있다는 얘기다.

이별은 어느 순간 갑자기 다가올 수도 있다. 사람에 따라 다를 수는 있겠지만 몸과 마음에 쌓인 피로는 그 순간을 더 빨리 당길 수도 있다. 건강할 때는 늙어감을 잘 인식하지 못한다. 건강에 이상을 느끼기 시작하면 그때부턴 늙어 간다는 사실이 매우 빨리 진행되고 있음을 느끼게 된다. 이미 노화가 많이 진행되었을 수도 있다.

이렇게 늙어서 삶의 순간이 마감될 때까지 스트레스와 압박감 속에서 살아가야 할까. 이런 상태를 훌훌 털어 버리고 지금까지와는 다른 방향으로 살아 보면 어떨까. 실제로 많은 사람이 이런 생각을 하며 살아가고 있을 것이다. 또 많은 사람이 그런 상태를 벗어나지 못하고 삶을 영위하고 있을 것이다. 왜 그럴까.

대부분의 사람은 다른 사람이 좋다고 하는 것을 따라서 하려고 하기 때문이다. 여름철 휴가 여행을 가다 보면 이런 것을 실감한다. 모든 사람이 이름난 곳, 소문난 곳만 찾아가다 보니 그길은 꽉 막히고 목적지에 도착하기도 전에 몸은 지쳐 버린다.

사람의 발길이 뜸한 곳, 잘 알려지지 않은 곳을 가면 길도 막히지 않고 붐비지 않아 기분 좋게 휴가를 즐길 수 있다.

우리의 삶도 이와 크게 다르지 않다. 남들이 좋다고 하는 길을 따라 모든 사람이 같은 길을 가려다 보니 경쟁은 치열해지고 살아남는 게 힘들어진다. 남들이 좋다고 하는 길이 아니라 내가 좋아하는 길, 내가 가고 싶은 길을 가 보면 어떨까. 그 길은 조용하고 한적해서 붐비지도 않을 것이다. 내가 좋아하는 것이니까 싫증 나거나 힘들지도 않을 것이다. 즐거운 마음으로 완주할 수 있을 것이다.

인생의 반환점까지 남들과 같은 길을 걸어 왔다면 이제부터는 내가 가고 싶은 길을 찾아서 새로운 시작을 해 보는 게 좋겠다.

그것은 여러 가지의 형태가 될 수 있다. 사업적인 면에서도 찾을 수 있고, 취미 생활에서 찾아도 되고, 남을 위해 봉사하는 생활에서 찾을 수도 있다. 우리가 생활하는 사회의 발전을 위해 투자해도 좋고, 나 자신의 여유로운 삶을 위해 투자해도 좋다. 중요한 것은 남들이 정한 길을 가는 것이 아니라 내가 가고 싶은 길을 가는 것이다.

해마다 국가별 행복 지수를 발표하는 걸 보게 된다. 행복 지수가 높은 나라로는 부탄, 코스타리카, 베트남, 자메이카 등 산업이나 경제가 발달하지 않은 나라들이다. 국민 소득이 높은 선진국들은 대개 선두권에서 한참 뒤처져 있다. 우리나라는 중위권에 머물러 있다. 일반적으로 잘 산다고 하는 나라의 국민이 실제로는 그렇게 행복하지 않다는 얘기다.

비싼 집에서 살고, 좋은 옷을 입고, 맛있는 음식을 골라서 먹고, 명품 가방을 들고 다니는데 왜 행복하지 않다고 여기는 걸까? 모든 사람이 크고 비싼 집을 사기 위해 피땀 흘려 돈을 벌고, 좋은 옷을 사 입기 위해 밤낮없이 일해서 그걸 장만했는데 왜 아직도 행복을 느끼지 못할까? 그것은 행복이 그런 것에 있지 않다는 걸 말해 주고 있다.

내가 좋은 옷을 사서 옆을 보면 다른 사람은 나보다 더 좋은 옷을 입고 있는 것 같다. 내가 돈을 모은 후에 친구를 보면 그 친구는 나보다 더 많은 돈을 모은 것 같다. 경제가 발전하고 물질이 풍부한 나라의 사람일수록 다른 사람과 가진 것에 대해 비교하는 경향이 더 강하므로 항상 상대적으로 부족함을 느끼게 된다. 욕심은 끝이 없다. 욕심이 많을수록 행복과는 거리가 멀어질 수 있다.

산업이 덜 발달한 나라의 사람들은 가진 자와 못 가진 자의 격차가 크지 않다. 공업화가 덜 진행된 나라일수록 자연의 파괴는 드물게 일어나고, 그 사람들은 자연과 더 친근하게 살아간다. 그래서 비교·경쟁에서 오는 스트레스는 적고, 자연 속에서 사는 편안함은 더 크게 느낀다.

나이가 들수록 자연과 더 가까이하도록 노력하는 게 이래서 좋다.

자연에 대한 이해

산업이 발전하고 도시가 빠른 속도로 발달하면서 사람은 자연과 점차 멀어져 가는 생활을 해 왔다. 도시에서 사는 것이 시골에서 사는 것보다 더 편리하다는 인식이 늘어나고, 또 그것이 힘을 덜 들이고도 소득을 늘릴 수 있다는 생각에 많은 사람이 도시로 이주해 왔다. 도시에서의 삶은 농촌이나 어촌에서 사는 것과는 삶의 질적인 면에서 많이 다르다. 나무와 흙을 대신해서 시멘트가 벽을 이루고 있고, 돌을 대신해서 아스팔트가 길을 만들고 있다. 채소와 나물 반찬은 줄어들고 인공으로 가미된 식품은 늘어나고 있다. 몸을 움직이고 힘을 쓰는 활동은 줄어들고 육류와 맛있는 먹거리는 많이 먹게 되니 살이 찐다. 우리는 이러한 사회를 풍요로운 사회라고 일컬어 왔다.

풍요로운 사회에서 우리는 건강한 삶을 누리고 있을까? 자연과 멀어져 사는 사람은 행복하게 살고 있을까?

인간의 가장 오래된 소망 중 하나인 '오래 살고 싶다'는 것에 대해 한 번 살펴보자. 세계의 장수촌은 모두 자연이 잘 보존된 지역이다. 중국의 광시 바마마을, 파키스탄의 훈자 지역, 그리스의 이카리아, 일본의 오키나와, 안데스산맥 빌카밤바 계곡, 코카서스산맥의 아브하지아, 이탈리아의 사르데냐 섬 등 장수인이 많이 사는 지역은 전부 천연의 산과 숲, 바다가 살아 있고 공업화나 산업화와는 거리가 멀다. 이런 곳에 사는 사람들의 장수 비결은 다음 몇 가지로 요약할 수 있다.

하나, 자연의 숲과 나무에서 뿜어져 나오는 깨끗한 공기를 마신다.

둘, 나이가 많아도 죽을 때까지 일을 꾸준히 한다. 몸을 계속 움직이므로 신체 기능의 노화를 막는다.

셋, 채식과 적당한 단백질류의 균형을 유지한다. 채식만 한다든지 육류를 과잉 섭취하지 않는다.

넷, 소식을 유지한다.

다섯, 낙천적인 삶을 유지한다. 스트레스를 적게 받으며 친구나 이웃과 대화를 많이 한다.

이곳 사람들은 아침에 해가 뜨면 밭과 들로 나가서 작물을 키우고 들판을 거닌다. 산을 오르내리면서 먹거리를 구하기도 하고 마을 사람들과 정답게 지낸다. 굳이 과격한 운동을 하지 않아도 살아 가는 활동 자체가 운동의 연속이다. 밭에서 스스로 키운 채소와 과일로 식탁을 채우고 집에서 기르는 젖소에서 우유를 짜서 먹는다. 자연의 토대 위에서 인공적으로 가미된 식품을 가능한 한 멀리하면서 살아간다.

이와 같은 점으로 보면 자연을 가까이하는 생활이 건강하게 오래 살고 싶은 우리의 소망을 해결해 줄 것으로 생각된다.

실제로 도시로 나와서 문명의 혜택을 많이 받으며 편하고 풍요하게 사는 현대인들 중 '문명병'이라고 불리는 여러 가지 질병에 시달리고 있는 사람들이 많다. 고혈압, 당뇨병, 호흡기 질환, 심장 질환, 각종 암 등 많은 질환이 영양의 과잉 섭취와 너무 편하게 살려는 생활 습관과 관련이 많다. 나무와 숲, 흙과 돌멩이, 바람과 물, 이러한 것들과 자연스럽게 어울려 살아야 건강한 몸과 마음을 유지할 수 있다.

현대사회에서는 아토피의 발생도 증가하고 있다. 아토피는 어릴 때부터 시작된다. 가려움증, 피부건조증, 습진 등을 동반한다. 너무 가려워서 긁다 보면 피부가 짓무르고 심하게 아프다.

그 원인은 유전적인 요인, 환경적인 요인, 환자의 면역학적 이상 등의 복합적인 상호작용으로 발생하는데, 산업화 그리고 문명화된 생활과 밀접한 관련이 있다.

아토피가 증가하는 이유는 다음 몇 가지로 요약할 수 있다.

하나, 미생물에 대한 면역력의 약화를 들 수 있다. 흙을 만지고 꽃을 보며 자연의 들판에서 자라면 자연 속에 있는 많은 미생물에 대해 면역력이 생긴다. 어릴 때부터 아파트와 같은 인공 구조물 내에서만 생활하면 면역력이 취약해질 수밖에 없다.

둘, 집먼지진드기와 실내에서 발생하는 유해 화학물질에 대한 노출의 증가를 들 수 있다. '새집증후군'과 같이 인테리어 자재로부터 나오는 환경 독소도 무시할 수 없다.

셋, 대기오염과 환경호르몬에 대한 노출도 증가하고 있다. 자동차나 공장의 매연으로 인한 공기의 오염이 심하다.

넷, 가공식품, 인스턴트식품 등 서구화된 식습관의 증가도 원인이 된다.

아토피 증상이 심한 사람이 받는 육체적·심리적 영향은 어떨까?

하나, 너무 가려워서 잠을 자지 못한다. 낮보다 밤에 더 가렵다.

둘, 가려운 곳을 긁으면 피부가 터지고 심하면 피도 난다. 옷깃에 스치기만 해도 가려워서 긁지 않을 수 없다.

셋, 신체에 대한 자신감이 없어 다른 사람과 만나는 걸 피하게 된다.

넷, 감정적으로 불안정해지고 신경이 예민해진다.

다섯, 어린이의 경우 정신적·사회적 발달에 영향을 줄 수 있다.

여섯, 학생의 경우 친구 관계 및 교우 관계의 형성에 지장을 줄 수 있다.

일곱, 오래 지속할 경우 천식, 알레르기 비염과 같은 호흡기 알레르기 질환을 동반할 수 있다.

이러한 아토피 증상의 치료를 위해 자연을 찾는 사람이 늘어나고 있다. 치유 센터, 힐링 캠프를 숲 속이나 시골의 한적한 곳에 지어 놓고 그곳에서 생활하면서 자연의 힘으로 아토피 증상을 사라지게 하려는 것이다. 공업화가 덜 된 시절에 농사짓고 목축을 하던 때에는 아토피로 고생하는 사람이 없었다. 그때에는 자연의 미생물에 대한 항체가 만들어져 면역되었다. 공업화가 되고 도시생활이 되면서 자연과 멀어지게 되고 이런 항체가 없어져 버렸다.

실제로 병원에 다니고 약을 바르고 해도 낫지 않아 고생하던 사람중에 시골로 이사를 간 후에 아토피 증상이 없어졌다는 얘기를 많이 듣는다. 아토피 발생의 원인이 되는 환경을 바꿔 주면 우리 몸의 면역 기능이 부활한다는 것을 보여 준다.

최근 '자연인'이라는 말을 자주 듣는다. 산골로 들어가서 사는 사람도 있고, 외딴 섬에 사는 사람도 있고, 문명을 멀리하면서 사람의 왕래가 없는 오지에 사는 사람도 있다. 옛날에는 이러한 삶이 보통의 삶이었지만 모든 사람이 도시로 나간 오늘날에는 이렇게 사는 사람을 '자연인'이라 부르고 있다.

자연인들의 얘기를 들어 보면 도시에서 생활하던 그들은 고혈압, 당뇨, 대장암 등의 질환을 겪고 그 때문에 자연의 생활로 돌아가게 됐다고 한다. 병원에서 수술도 하고 치료를 계속했지만 몸이 정상으로 돌아오지 않아서 자연을 선택하게 되었다는 것이다. 자연에서 생활한 후에 건강을 회복했다는 사람도 역시 많다.

이런 것을 보면 병 대부분은 생활 습관에서 온다고 할 수 있다.

불규칙한 생활, 스트레스가 많은 생활, 경쟁 사회가 주는 심리적 압박감 등이 신체의 정상적인 기능을 깨뜨리는 것이다. 이로 인해 우리 몸의 면역력은 떨어지고 점차 병으로 발전해 가는 것이다.

사람이 자연을 가까이해야 하는 이유는 이 외에도 많다. 사람은 자연을 벗어나서는 살 수 없다. 자연이 우리에게 주는 혜택을 우리는 너무 외면해 온 것이 아닌가. 오히려 눈앞의 작은 이득을 위해 자연을 파괴해 오지 않았는가. 자연도 살리고 사람도 사는 공존의 세상을 위해 좀 더 관심을 가질 때다.

이러한 부분에 관심을 가질 수 있는 세대는 역시 인생의 중반을 넘어가고 있는 세대가 적절하다. 짧지 않은 인생을 살았으니 세상의 이치도 어느 정도 깨우쳤고, 그동안 몸과 마음을 많이 썼으니 생활의 여유를 찾아야 할 나이도 되었으니까 말이다.

신체의 변화

　아침에 일어나 세수를 하면서 우연히 거울을 보았다. 매일 손을 씻고 세수를 하지만 내 얼굴을 관심 있게 보지는 않았다. 늘 반복해서 하는 일이니까 평소 하던 대로 손바닥에 물을 받아 얼굴을 닦을 뿐 거울에 비치는 내 얼굴의 변화에는 그다지 관심을 두지 않았다. 면도할 때도 털이 난 부위를 그냥 면도기로 쓱 밀어 줄 뿐이다.

　거울에 얼굴 하나가 얼른거리는 게 보일 때도 있지만 마치 벽에 거울이 붙어 있듯이 거울에 비친 얼굴도 으레 거기에 있어야 할 게 있는 것처럼 여겨졌을 뿐이다. 그런데 그 날은 달랐다. 그 얼굴이 나라는 걸 알았다. 나이기는 한데 나도 알아차리지 못할 만큼 부쩍 나이 들어 버린 나의 얼굴이었다. '아, 내가 언제 이렇게 늙어 버렸지.' 하는 생각에 순간적으로 동작이 멈춘다. 거울을 다시 물끄러미 마주 본다. 나도 젊었을 땐 피부가 탱탱했는데. 말간 우윳빛은 아니라도 깨끗한 얼굴이라는 소리는 많이 들었는데. 나이보다 어려 보인다는 말도 많이 들었는데.

그렇지만 바로 앞에 보이는 얼굴은 그런 모양과는 딴판이다. 눈꼬리에 가는 주름이 여러 개 생겼다. 쳐다보니 이마에는 제법 굵은 주름이 파인다. 웃음을 지으니 광대뼈 위쪽에 주름이 많이 생기고 입가에도 골이 움푹 파인다. 코밑과 턱에는 흰 털들이 군데 군데 박혀 있다. '아, 이걸 어쩌나.' 콧속에 있는 털도 흰게 보인다. 얼굴색도 탁한 색으로 변했다.

이마 위쪽은 더 많이 변했다. 머리카락의 반이 흰머리로 덮였다. 반백의 머리란 게 이런 거였던가. 머리숱도 많이 빠졌지만 흰 머리카락이 너무 많아졌다. 다행히 대머리는 아니다. 이거라도 위안으로 삼아야 하나.

내가 보는 내 얼굴이 이렇게 늙었는데 왜 그동안 아내는 나보고 늙었다는 얘길 안 했을까. 딸과 아들은 왜 '아빠, 얼굴이 늙어졌어.' 이런 소릴 안 했을까. 누구나 늙었다는 말을 듣기 싫어한다. 그래서 한집에 같이 사는 아내나 자식도 그런 얘길 안 했을까. 혹시 아내 역시 나처럼 내가 부쩍 늙어 버린 걸 모르고 지내 왔을까. 그런 것 같지는 않다. 지난번에 애들과 얘기하는 중에 딸이 그랬다. "아빠, 그런 말 하지 마. 그럼 노티 난다는 소리 들어." 이건 내가 늙었다는 말을 에둘러서 얘기한 게 아닐까. 아빠 얼굴 앞에서 '아빠 늙었어.' 하는 말을 할 수는 없으니까 은연중에 에둘러서 표현하는 게 아닐까.

새 아파트에 입주할 때 입구 화단에 키 작은 소나무가 있었다.

줄기가 곧게 올라오지 않고 옆으로 비스듬히 휘어지면서 올라온 게 멋스럽게 보였다. 누군가의 손에 다듬어져서 힘겹게 휘어 자란 모양새였다. 예쁘게 잘 자랐다는 생각을 하고 입주했었는데 그 이후로는 잊고 지냈다. 십 여년을 그 집에서 살다가 이사를 하게 됐는데, 이사 가는 날 집 곳곳을 여기저기 둘러보다가 그 소나무를 보게 되었다. 그리고 깜짝 놀랐다. 자그맣던 소나무가 내 키보다 더 커져 있었다. 언제 이렇게 큰 건가.

옆으로 빠져나온 가지도 풍성하고 이파리도 제법 그늘을 드리우고 있었다. 매일 그 길을 지나다녔건만 눈여겨보지 않았던 새 소나무는 키 큰 어른 나무로 성장해 있었다.

거울에 비친 내 얼굴이 그와 같았다. 내 얼굴의 변화에 대해 별 관심 없이 지내다 어느 날 보니 늙어 있었다. 내가 늙었다는 자각이 들자 생각이 많아졌다. 늙는다는 것은 죽음이 가까워진다는 얘기 아닌가. 그럼 무언가 준비를 해야 하는 것 아닌가. 살아 있을 때 제대로 못 살았던 것 같은데 죽고 난 뒤의 살아 있던 자리라도 깨끗하게 정리해야지. 아내에게도 부족했던 게 너무 많고 자식들에게도 미안한 게 너무 많았는데, 죽고 나서 뒤처리라도 고생 끼치지 않게 말끔하게 정리해야지. 또 내 인생의 마무리를 어떤 식으로 해야 할까. 생각은 많아지는데 어떻게 해야 할지 정리가 안 된다.

되돌아보면 정말 회한이 많다. 남들처럼 돈을 많이 번 것도 아니고, 이름을 남길 흔적도 없고, 자식들 뒷바라지를 제대로 해 준 것도 아니고, 나 자신이 못나고 부족하다는 자책감이 너무 많이 든다. 아내를 만나 결혼을 할 때 약속을 했다. 살아가면서 행복하게 해 주겠다고. 이젠 그 약속도 공염불이 되었다.

떳떳하게 산다는 건 어떤 것일까? 아무래도 나는 떳떳한 남편이 못 된 것 같고 자신 있는 아버지가 못 된 것 같다.

내가 어렸을 땐 동네에서 대학 가는 사람이 드물었다. 그때는 자식을 대학에 보내면 성공한 아비가 될 수 있었다. 지금은 어떤가. 대학 안 가는 사람이 드물다. 그 당시 대학 가는 사람보다 지금 해외 유학 가는 사람이 더 많다. 자식들을 해외로 유학 보내주지 못했으니 아비로서 면목이 없다. 그저 미안하기만 하다.

예전에는 내 집만 있어도 행복했다. 이젠 내 집만으로 행복하다는 여자는 없다. 넓은 아파트가 있어야 하고 중형 자동차도 있어야 하고 일 년에 한두 번 해외 관광도 다녀야 한다. 내가 아내를 위해 그렇게 해 주었던가. 하늘의 별도 따 준다는 말은 안 통한다. 요즘 여자들은 너무 영악하다. 그런 말장난에 속는 척 해 주지도 않는다. 여기까지 생각이 이어지면 내가 살아온 삶이 부끄럽게 여겨진다. 내 살아온 삶이 이러할진대 정리는 무슨 정리를 할 건가. 그냥 이대로 살다가 아무도 모르게 조용히 사라져야지. 생각은 결국 제자리로 돌아온다.

쌓아놓은 것 없으니 남겨놓을 것도 없고 누가 기억해 줄 것 같지도 않다. 나를 위해 추모사를 보내줄 사람은 더더욱 없을 것 같으니 나 스스로 추모사를 적어 봐야지.

이 사람은 너무 일찍 갔습니다. 살아서 해야 할 일이 많은데 반도 못하고 갔습니다. 거북이걸음 가듯 느리게 느리게 걸었으면서 남들과 같은 세월을 살아, 남들의 반밖에 못 채우는 삶을 살았습니다. 남들의 배를 살아야 남들과 같은 양을 채울 수 있었을 텐데 너무 아쉽습니다.

세상에 나올 때 빈손으로 나왔으니 갈 때 빈손으로 가는 것이야 서운하지 않습니다. 다만 홀로 남겨진 아내를 위해 대궐 같은 집 하나라도 남겨 주고 갔으면 좋았을 겁니다. 혼자 남아서 쓸쓸하지 않게 그동안 다니지 못했던 곳들을 다니면서 맛난 음식을 사 먹을 수 있도록 억 소리 나는 통장 하나쯤은 남겨 주고 갔으면 좋았을 겁니다. 평생 갖고 싶었지만 간이 떨려 감히 입밖에 말도 꺼내지 못했던 빨간색 예쁜 스포츠카 한 대쯤은 남겨 주고 갔으면 더욱 좋았을 겁니다.

자식들 걱정을 많이 한 것은 기억이 납니다. 말로는 표현하지 않았어도 혼자 끙끙 앓으면서 자식 뒷바라지에 목을 맨 것도 어렴풋이 생각납니다. 딸이 파리로 가서 디자인 공부를 하고 싶어 했는데 그걸 지원해 주지 못해서 가슴 아팠지요. 아들이 미국에 가서 천체물리학 공부를 하고 싶어 했는데 그 소망도 들어주지 못해서 애통했지요. 앞으로 딸, 아들이 스스로 돈 벌어서 자기들 하고 싶은 것들을 해야 할 텐데. 그때까지 살아서 번듯한 모습을 보고 가시지 왜 그렇게 서둘러 가셨나요.

그곳에서도 시간이 느리게 가나요? 느리게 살아오다 보니 돈도 느리게 모이고 좋은 일도 느리게 생기는 것 같아 아주 쬐끔은 불만스럽기도 했습니다. 그런데 그게 한 가지 좋은 점도 있더군요. 아파할 일도 느리게 오고 슬퍼할 일도 느리게 오고 불행할 일도 느리게 오는 것 같아서 좋습니다. 그래도 그쪽 세상에서는 좀 더 일찍 돈도 모으세요. 늘그막에 고생하는 것보다는 젊어서 고생하더라도 늙어서 편히 유람이라도 다니는 게 좋지 않겠어요. 남보다 더 빨리 가려고 너무 바둥거리지는 말고, 더 높은 곳으로 가려고 남을 찍어 누르는 것 따위는 하지 마세요. 내 마음만 조금 여유를 가지면 모든 사람이 편하게 살 수 있잖아요.

그곳에도 거지가 있나요? 못사는 사람이 있나요? 불쌍한 사람이 있나요? 혹시라도 그런 사람 있으면 잘 도와주세요. 살아 있을 때 하고 싶어도 못했던 일이잖아요. 아내 눈치 보고 자식 눈치 보느라 잔액도 없는 통장만 쳐다보며 얼마나 애를 태웠나요. 이제 마음 편하게 그런 일 좀 하세요. 사람은 나눠 줄 때보다 더 행복한 때가 없잖아요.

마지막으로 건강은 잘 챙기세요. 그건 누가 대신해 줄 수가 없어요. 운동도 꾸준히 하고 먹는 것도 꼬박꼬박 챙겨 먹고 계획성 있게 살아 보세요. 건강하게 오래 살다 보면 좋은 날은 또 오겠지요.

나무와 친해지기

어릴 때 시골에서 자란 사람들은 나무와 친하다. 같이 산길을 걸으면 나무 이름도 잘 알고 어떤 열매를 맺는지 언제 꽃을 피우는지 잘 안다. 도시에서만 자란 사람은 이런 면에서 숙맥이다. 자주 보지 않으니 그 나무가 어떤 나무인지 알 길이 없고 자연 생태의 변화에 대해서도 무관심하다.

그에 비해서 시골 생활은 자연이 삶의 일부나 마찬가지다. 봄에 새잎이 나올 때, 여름에 잎이 무성하게 우거질 때, 가을에 단풍이 들 때, 겨울에 가지만 남았을 때, 각 계절마다 나무가 변해가는 모습을 보면서 자라므로 나무가 어떤 향기를 피우고 어떤 열매를 맺는지 저절로 알게 된다.

'이웃 사촌'이란 말이 있다. 혈연으로 맺어진 사람들이 한 마을에 모여 살던 시절에는 사촌만큼 가까운 친척이 없었다. 어려운 일이 있거나 도움이 필요할 때에는 가까운 친척들이 내 일처럼 거들어 주었다. 산업화 시대에는 이런 풍습이 이어지기 어렵다. 우선 멀리 떨어져 사는 것이 일반화되고 저마다 공장이나 회사의 바쁜 일과로 인해 한걸음에 달려올 수가 없게 되었다. 그래서 멀리 있는 사촌보다 가까이 있는 이웃이 더 정이 들고 더 쉽게 도움의 손길도 내밀 수 있다. 자주 본다는 것은 이렇게 정을 나누기도 쉽고 관심을 주기도 쉽다. 우리가 나무를 대하는 것도 이와 비슷하다. 나무를 가까이 하고 자주 보고 만지고 다듬고 하다 보면 나무와 친해지고 정이 든다.

더운 여름날 뒷산을 오르는데 매우 낯익은 꽃이 한 송이 피어 있었다. 옅은 분홍빛이 감도는 무궁화였다. 꽃은 보이는데 잎도 보이지 않고 가지도 보이지 않는다. 이 꽃이 어디서 어떻게 피었나 궁금해서 자세히 살펴보았다. 나무는 온통 칡으로 뒤덮여 있고 꽃 하나만 겨우 목을 빼서 숨을 쉬고 있었다.

그대로 칡넝쿨을 뜯어내면 무궁화 나무가 다칠 것 같아서 집으로 돌아가서 가지치기 가위를 가져왔다. 조심조심 넝쿨을 잘라 내고 보니 키가 작은 무궁화 나무가 나타났다. 옆 가지에도 꽃망울이 맺혀 있었다. 칡넝쿨에 가려서 꽃을 피우지 못하고 있었나 보다. 키도 많이 크지 못하고 있었나 보다. 이제 머리를 짓누르고 목을 휘감고 있던 사슬이 풀렸으니 마음껏 키도 크고 꽃도 키우거라.

무궁화 꽃을 이런 야산에서 보기란 무척 힘들다. 이곳은 아파트가 가까우니 누군가가 심은 건지도 모르겠다. 주위에 키 큰 무궁화 나무도 없는데 작은 나무가 홀로 있으니 어디서 왔는지 궁금하다. 산에서 만나는 나무는 다 반갑다. 그런데 무궁화라니 더욱 반갑다.

칡은 우리에게 이로운 식물이기도 하지만 이렇게 다른 나무를 괴롭히기도 한다. 식물도 인간처럼 영역 싸움을 한다. 키 큰 나무 아래에서는 키 작은 나무가 자라지 못한다. 작은 나무가 자라지 못하도록 화학물질을 뿜어내는 것이다.

태풍이 지나간 뒤에 산을 걷다 보면 아름드리나무가 쓰러져 있는 것도 보고, 가지가 부러져 있는 것도 본다. 쓰러진 나무 중에는 아까시나무가 많다. 아까시나무는 뿌리가 옆으로 넓게 퍼지지만 그리 깊게 내려가지는 못한다. 그러니 세찬 바람이 지나가면 잘 쓰러진다. 특히 북한산처럼 돌이 많은 산에서는 더욱 그러하다. 쓰러져 있는 나무 아래에는 작은 나무가 고생스럽게 눌려서 옴짝달싹 못 하고 있다. 큰 나무는 무거워서 들어 올릴 수도 없지만 가지가 부러져 누르고 있을 때는 부러진 가지를 옆으로 밀쳐 주기만 해도 작은 나무가 금세 기지개를 켠다. 이때의 기분은 정말 시원하다. 작은 새 가지와 이파리가 조금씩 조금씩 하늘을 향해 고개를 들어 올리는 순간, 내 가슴에서도 조금씩 조금씩 희망이 솟아나는 느낌이다.

나무는 제 마음대로 자라도록 두는 게 좋다. 사람이 자기 입맛에 맞춰서 인위적으로 자리를 옮기거나 모양을 낸다고 자르거나 비틀거나 하는 건 옳지 않다. 자연의 땅에서 자연의 햇빛을 받아 자연스러운 모양으로 자라는 게 좋다. 사람이 자유를 좋아하듯이 나무도 자유를 좋아한다. 누가 내 팔을 비틀거나 꼬집으면 아프지 않은가. 나무도 말은 못하지만 가지를 꺾거나 잎을 딸 때는 스트레스를 많이 받는다. 스트레스를 받지 않고 자유롭게 자란 나무는 좋은 향기를 뿜어낸다. 스트레스를 많이 받은 나무는 독소를 뿜어낸다.

다만 칡넝쿨이 너무 괴롭히거나, 부러진 가지가 짓눌러서 숨 쉬기 어려울 때와 같이, 꼭 필요할 때는 작은 부분만 조정해 주면 된다.

어린 형제가 싸울 때 부모는 서로 사이좋게 지내도록 싸움을 적절하게 조정해 준다. 어느 한 편을 절대적으로 두둔해 주지는 않는다. 다 함께 사이좋게 지내도록 지혜를 알려 준다. 이와 마찬가지로 나무도 서로가 함께 잘 자랄 수 있도록 작은 부분만 조정해 주는 게 좋다.

이런 마음을 가지고 나무를 들여다보면 나무는 아주 훌륭한 친구가 될 수 있다. 마음이 괴롭거나 우울할 때 숲 속을 거닐다 보면 어느새 내 마음은 편안한 상태가 된다. 과로와 스트레스로 몸이 지치고 아플 때 나무가 우거진 계곡에서 휴식을 취하면 몸은 어느새 가뿐한 상태로 돌아온다. 친구를 사귀듯이 나무를 사귀는 마음을 갖는 게 좋다.

나무와 친해지는 길

하나, 나무의 생긴 모습을 잘 살펴본다. 키가 얼마나 큰지, 가지가 옆으로 뻗어 가는지 또는 위로만 곧게 올라가는지.

둘, 잎을 잘 관찰한다. 잎의 크기는 어느 정도인지, 잎이 침처럼 뾰족한지 손바닥처럼 넓은지, 타원형인지 가장자리가 톱니처럼 올록볼록한지.

셋, 껍질을 잘 살펴본다. 색깔이 회색인지 고동색인지 또는 짙은 갈색인지. 껍질의 형태가 매끈한지, 지진 난 땅처럼 갈라 터져 있는지.

넷, 냄새를 맡아 본다. 나무는 저마다 특유의 냄새가 있다. 솔 향기처럼 코와 목구멍을 뻥 뚫어 주는 상큼한 냄새도 있고, 은행나무 열매처럼 쾨쾨한 구린내를 풍기는 것도 있다.

다섯, 나무숲 속에서 소리를 들어 본다. 바람에 흔들려 나뭇잎이 내는 소리도 나무마다 다르다. 전나무가 내는 소리, 상수리나무가 내는 소리는 각각 다르다.

여섯, 관찰한 정보를 가지고 자연 도감이나 인터넷을 통해 이름을 확인한다. 다음에 그 나무를 만나면 이름을 불러 준다.

흙과 관계 맺기

사람은 살아가면서 많은 관계를 맺고 산다. 부모와 형제같이 태어나면서부터 당연하게 맺어지는 관계도 있고, 같은 동네, 같은 지역에 사는 이유로 맺어지는 관계도 있고, 학교와 회사 생활로 맺어지는 관계도 있다. 이러한 일반적인 관계 외에도 사람들은 필요에 따라서 더 많은 관계를 만들어 간다. 같은 취미를 가진 동호회에도 가입하고 사회 참여를 위한 단체를 결성하기도 하고, 동종의 사업자들끼리 조직을 만들기도 한다.

사람은 혼자서 살아갈 수는 없다. 개인의 능력에는 한계가 있을 뿐더러 혼자 고립되어 있을 때는 외로움과 고독감에 빠져 정신적으로 피폐해지니 정상적인 생활을 영위하기 힘들다.

사람과 사람이 만나서 다 같이 힘을 합치면 더 큰 힘을 발휘할 수 있고, 어렵고 힘든 일도 쉽게 헤쳐 나갈 수 있다. 그래서 사람들은 끊임없이 조직이나 단체를 결성하고 가입하고 참여해 나간다.

이것은 더 나은 삶을 살아가려는 방법의 하나다. 개인으로서는 하지 못할 일도 여러 사람의 힘을 모으면 해결할 수 있는 일이 많기 때문이다.

여기에는 일을 성취한다는 것도 중요하지만 인간의 심리적인 면과 정서적인 면도 크게 작용한다. 고민을 나눌 친구도 없고 힘들 때 도와줄 이웃도 없는 사람은 사회로부터 점점 고립되어 자존감도 없어지고 무력감에 빠져든다. 이러한 상태가 오래 지속하면 이제는 사회 활동을 하기가 어려워진다.

현대 사회에 들어와서 '은둔형 외톨이'가 늘어나고 있다고 한다. 사회와 고립되어 혼자 갇혀서 사는 사람을 말한다. 집안에 갇혀서 생활하는 사람도 있고 가끔 바깥 출입을 하지만 다른 사람과 교제도 없고 사회활동도 하지 않는 사람도 있다.

원인은 여러 가지다. 학교에서 왕따를 당했다든지, 직장에서 정신적 고통을 당해서 사람을 피하게 된 것, 취업에 계속 실패하면서 사회 생활에 절망을 느끼게 된 것, 사회 활동 중에 생긴 일로 사람이 보기 싫어졌다든지 사회가 싫어진 것, 가족 간의 불화로 정신적 충격이 있었던 것 등.

이런 상태가 지속하면 다시 사회로 돌아와서 적응하기가 무척 어려워진다. '고독사'도 관계가 단절된 새로운 현상 중에 하나다. 2013년 통계를 보면 한국에서 5시간마다 한 사람씩 고독사하고 있다고 한다. 연령대를 보면 30대 6.2%, 40대 17.0%, 50대 29.0%, 60대 17.7%, 70대 9.1%로, 사망자 중에 고독사가 차지하는 비율이 이러하다. 전에는 노인들이 고독사하는 걸로 알려졌는데 오히려 중장년층에서 그 비율이 더 높다.

중장년층에서 고독사가 많다는 것은 경제적인 이유가 많은 것으로 보인다. 일자리에 대한 불안감, 빈곤, 상대적 박탈감 등으로 인한 사회에 대한 기피다. 그 외에도 사회 활동에서의 갈등, 가족 간의 갈등 등도 원인이 될 수 있다.

'은둔형 외톨이'나 '고독사'는 개인이 사회의 일원으로서 활동하지 못하고 고립되어 마음이 폐쇄된 결과로 나타난 것들이다.

사람이 다른 사람을 만나지 않고 대화도 하지 않고 지내는 것은 가장 심한 형벌 중의 하나다. 오래전에 몇 사람과 얘기를 하던 중에 가장 고통스러운 형벌은 어떤 걸까, 하는 토론을 한 적이 있었다. 그중에 하나는 사방이 흰색으로 된 독방에 가둬 두는 것이었다. 누군가와 대화도 할 수 없고 오직 흰색 벽만 보고 있으면 사람이 미친다는 것이었다.

이런 점에서 사람은 다른 사람과 또 사회와의 관계가 끊어지지 않도록 꾸준히 이어가야 한다. 그런데 은퇴를 한 사람들은 과거에 형성했던 관계를 이어가지 못하는 경우가 많다. 경제적으로 부담되어서 그런 경우도 있고, 심리적으로 위축되어서 그럴 수도 있고, 과거의 불편했던 일 때문에 그럴 수도 있다. 은퇴할 나이는 안 되었지만 사업이 부도났다거나 직장에서 불행하게도 그만두게 된 경우 등 과거의 관계를 이어가지 못하는 경우는 많다.

이럴 때를 대비해서 흙을 만질 수 있는 기회를 만들어 놓는게 좋다.

흙은 사실 사람과 가장 가까운 물질이다. 사람은 '흙에서 나와서 흙으로 돌아간다'는 말이 있듯이 우리는 죽어서 흙으로 돌아가게 되어 있다. 흙 위에 집을 지어 살고 있고, 흙에 채소를 심고 곡식을 심어서 먹을 것을 구하고 있다. 태초에 인간은 흙과 직접 닿으면서 생활을 해 왔다. 흙이 더럽다거나 해로운 물질이 아니라는 말이다. 오히려 사람의 생존에 없어서는 안 되는 것이며 건강에도 유익한 것이다.

문명이 발달하고 도시화가 진행되면서 우리는 흙을 멀리하게 되었다. 아침에 일어나서 직장에 출근하고 하루 일을 마치고 집으로 돌아와서 잠자는 하루의 일과를 돌아 보자. 흙을 밟거나 만진 시간이 있는가. 밟아 보거나 만져 보는 건 둘째 치고 보지도 못하고 하루를 보내는 경우가 더 많을 것이다.

종일 아스팔트 위를 걷거나 시멘트 바닥을 밟거나 콘크리트 벽만 마주했을 것이다. 자연의 흙은 멀리하고 인공의 아스팔트, 시멘트를 가까이하게 되면서 우리의 심성은 점차 메말라 가는 게 아닌가.

몇 해 전 지인에게서 서울 외곽에 채소를 심을 수 있는 작은 농지의 사용을 허락 받았다. 12㎡(약 4평) 정도 되는 작은 넓이인데 심은 채소의 종류는 10가지가 넘는다.

첫해에는 상추, 고추, 유채를 심었다. 상추와 유채는 씨를 뿌리고 고추는 모종을 심었다. 상추와 유채가 싹을 내밀 때, 내 가슴에 꽃이 핀 것처럼 기쁨이 넘쳤다. 매일 아침 잠에서 깨면 오늘은 채소가 얼마나 자랐을까, 하는 생각에 마음은 벌써 밭에 가 있었다. 머릿속을 가득 채우고 있던 걱정거리도 그 순간만큼은 깨끗이 사라져 버렸다. 한 달이 지나서부터 상추 잎을 뜯어서 밥상에 올렸다. 몇 번 그렇게 상추 잎을 뜯어서 먹은 후에는 상추 줄기가 반듯이 올라가지 않고 힘이 없어서 옆으로 휘어 넘어져 가고 있었다.

농사 경험이 있는 지인에게 물어보니 거름이 부족해서 그렇단다. 나는 순전히 땅과 물, 공기와 바람으로만 채소를 키웠다. 비료, 거름, 퇴비 이런 거는 애초부터 생각조차 없었다. 제초제, 살충제, 성장촉진제 등은 더더욱 생각이 없었다. 자연의 토대 위에서 자연의 힘으로 자라도록 해두고, 그 위에 나의 정성만 보태는 방식이었다. 다행히 채소는 잘 자라 주었다. 잎이 얇고 줄기의 힘이 좀 약한 것은 문제가 되지 않았다. 내가 키운 채소를 가족의 밥상에 올릴 수 있다는 게 큰 기쁨이었다.

이보다 더 좋은 것이 한 가지 있다. 땅을 파고 채소를 심고 물을 주는 농사의 과정 동안, 머릿속에 있던 걱정이 많이 사라졌고, 어깨를 짓누르던 스트레스도 많이 줄어들었다. 사업 실패로 인해 미래에 대한 불안감과 가족에 대한 미안함으로 항상 고민을 안고 살았는데 적어도 그 일을 하는 순간에는 다른 잡념이 끼어들지 않는다. 마음이 편안해지고 몸도 상당히 가뿐해진다.

다음 해에는 질경이와 민들레 씨도 뿌렸다. 휴가를 가거나 성묘를 가다가 주위에 질경이나 민들레가 보이면 씨를 모아 두었다가 밭에다 흙을 얇게 파고 심었다. 그냥 뿌려 두면 비가 와서 쓸려 가거나 바람이 불어서 날려 갈 수도 있으니까 흙 속에 심은 것이다.

그다음 해에는 어디서 날아왔는지 밭 한구석에 쇠비름이 싹을 돋우고 있었다. 옛날 농촌에서는 밭을 버리게 하는 잡초라고 다 뽑아서 버리던 식물이었다. 그렇지만 그것도 물을 주고 정성을 들였더니 이젠 서너 포기로 자리 잡고 있다.

시장에 가면 자주 만날 수 있는 상추, 배추 같은 것보다는 토종 식물이자 식용도 되는 것들을 심었다. 자연은 거짓말을 하지 않는다. 관심을 주고 정성을 쏟아 주는 만큼 잘 자란다.

키워서 먹는다는 생각만 가질 필요도 없다. 채소를 키우는 과정이 더 재미있다. 채소가 자라는 걸 보면 가슴이 뿌듯하다. '가진 게 없어도 부자다'라는 말이 정말 실감 난다.

점점 노인이 되어 가거나 사회 활동에서 몸과 마음이 지쳐 가는 사람이라면, 또는 은퇴가 다가오는데 할 일이 생기지 않아 마음이 무거운 사람이라면, 또는 사람이 싫어져서 혼자 외롭게 사는 사람이라면 흙을 만나는 기회를 자주 만들기를 권한다.

산길 걷기

사람의 가장 큰 소망 중에 하나는 오래 사는 것이다. 중국의 진시황은 불로초를 찾기 위해 신하들을 동방의 한반도까지 보냈다고 한다. 사람의 욕망은 이제 많이 해결되었다. 대부분의 선진국에서 사람의 평균수명은 80세를 넘어섰다. 의학의 발달과 청결한 위생에 대한 예방 활동에 힘입은 바가 크다.

최근에는 평균 수명보다 건강 수명에 대한 관심이 더 커진 듯하다. 오래 살더라도 질병에 시달리면서 단순히 수명만 연장하는 것은 의미가 없다는 것이다.

실제로 주위를 살펴보면 만성질환으로 인해 병원에 입원해서 거동도 못 하는 상태로 목숨을 이어가는 사람의 얘기를 자주들을 수 있다. 이런 경우 일차적으로는 환자 본인이 가장 고통스러울 것이지만 보호하고 간호해야 하는 가족들의 고통도 이만저만이 아니다. 육체적인 피로, 정신적인 고통도 견디기 힘들고 더불어서 경제적인 어려움마저 가중된다. 일반 서민들로서는 경제적인 부담 때문에 입원 치료를 포기하는 경우도 많이 생긴다.

2011년 기준으로 보면 한국인의 기대수명은 81.2세인데 건강수명은 70.74세라고 한다. 평균적으로 10년간은 병으로 고생하다가 죽는다는 말이다. 그래서 가장 행복한 죽음은 오래 살다가 신체의 기능이 다 되어서 어느 순간에 삶을 마감하는 것이다. 마치 자동차가 휘발유가 다 소모될 때까지 잘 굴러가다가 휘발유가 떨어지는 순간 제자리에 서 버리는 것과 같다.

건강하게 오래 살기 위해서는 마음이 안정되고 평화로워야 한다. 그러면 머리가 맑아진다. 항상 바쁘고 다른 사람과 상대적 비교를 하면서 살아야 하는 현대인들에게 긴장, 불안, 초조의 감정은 필수적으로 따라다닌다. 머릿속은 복잡하고 뒷목은 뻣뻣해진다.

이럴 때 보통 쓸데없는 생각을 하지 마라, 잡념을 하지 말라는 말을 하는데, 잡념을 하지 않기 위해서 어떻게 하는 게 좋을까, 하는 생각을 하다가 또 다른 잡념을 하게 된다.

환경이나 습관, 생활하는 공간 등은 변하지 않고 있는데 잡념만 버리라는 말이 잘 통하지 않는다. 머릿속을 가볍게 하고 스트레스를 없애기 위해서는 몸과 마음이 맑아질 수 있는 환경을 만들어 주어야 한다.

건강한 삶을 위해서는 깨끗한 공기도 필수적이다. 담배가 몸에 해롭다고 하는 것은 담배 연기가 코를 통해 폐 속으로 깊숙이 들어와서 기관지와 폐를 더럽히고 질병을 일으키기 때문이다. 나쁜 공기, 오염된 공기는 호흡기에만 영향을 주는 게 아니라 우리 몸 안의 모든 장기에 좋지 않은 영향을 준다.

대도시의 공기는 이미 많이 오염되어 있다. 자동차의 매연, 공장에서 나오는 유독가스, 각종 화학 물질에서 나오는 유해가스 등으로 무척 탁하다.

이러한 대기오염 물질로 인해 발생하는 질환이 많다. 만성 폐쇄성 폐 질환, 심혈관 질환, 천식, 급성 기관지염, 폐암 등을 유발하며 최근의 연구 발표에 의하면 뇌졸중도 유발할 수 있다고 한다.

WHO 보고서에 의하면 한국인의 건강한 삶을 위협하는 대표적 질병으로 다음의 5가지를 꼽고 있다.

1. 우울증, 불안증 등 정신 질환
2. 척추 디스크, 관절염 등 근골격계 질환
3. 당뇨병
4. 협심증, 심근경색 등 심혈관 질환
5. 폐렴, 감기 같은 전염성 질환

우리나라는 다른 선진국이 백여 년에 걸쳐 이룩한 경제 성장을 단기간에 따라잡기 위해 엄청난 경쟁의식을 쏟으며 살아왔고 육체적 노동도 무리하게 했다. 그 과정에서 우울증, 신경쇠약과 같은 정신 질환이 급격히 늘어났다. 과도한 육체노동으로 신체의 이상도 많아졌다. 팽창하는 산업화의 여파로 대기오염, 환경오염이 심해졌고 공기의 질 또한 떨어졌다.

이러한 현상은 결국 우리의 건강을 위협하는 원인이 되고 있다.

머리를 맑게 하고, 깨끗한 공기를 마시고, 운동 효과까지 기대할 수 있는 환경을 만드려면 어떻게 하는 게 좋을까? 산길을 걸어라. 높은 산으로 등산을 가라는 게 아니다. 가까운 도시 주변의 산기슭을 걸으라는 것이다. 나무 사이를 걸어도 좋고, 숲 속을 걸어도 좋고, 키 작은 풀들이 펼쳐진 풀밭을 걸어도 좋다.

산을 얘기하면 사람들은 등산을 생각한다. '등산복이 없는데 어떡하나? 등산화도 없는데 어떡하나?' 이런 걱정부터 한다. 동네 뒷산을 오르는데 배낭은 뭐로 채웠는지 터질 듯이 빵빵하다. 겉모습은 에베레스트 산을 오르는 사람과 다름없다.

우리가 항상 경쟁하듯이 살아왔기 때문일 것이다. 산을 간다면 정상을 정복해야 하고 그것도 몇 시간 만에 정복해야 하고, '남보다 뒤처지면 안 될 텐데.' 하는 걱정부터 한다. 비록 나지막한 동네 산이지만 옷과 배낭, 신발 등은 상표가 유명한 거로 비싸게 준비해야 남들 보기에 체면치레 하는 거라 생각한다.

'왜 산에 가려 하는가.' 하는 목적은 뒷전이다. 머리도 식히고 스트레스도 좀 풀고 오겠다는 애초의 생각과는 달리 새로운 스트레스가 시작되는 셈이다.

그냥 가볍게 평상복 입고 운동화 신고 떠나면 된다. 배낭은 필요 없다. 배낭을 메는 것은 육체의 짐이다. 목마를 때 마실 생수병 하나면 충분하다.

우리나라의 대도시에는 어느 도시에라도 주변에 산들이 있다. 지자체마다 걷는 길을 개발하고 중간중간에 쉼터도 마련해 놓아서 걷다가 쉬다가 하면서 심신을 식히기에는 아주 좋다. 서울 주변을 보더라도 북한산, 관악산, 도봉산, 인왕산 등이 둘러져 있고 산마다 둘레길이 있어서 걸으며 산책하기에 좋다.

걷다가 산을 오르고 싶으면 방향만 위로 틀면 된다. 마음 내키는 대로 발길 닿는 대로 가면 된다. 그렇게 하는 동안 머리는 시원해지고 잡념은 사라져 버린다. 눈이 즐겁고 몸이 즐겁고 마음마저 즐거워진다. 나무에서 뿜어내는 피톤치드는 기분을 상쾌하게 해 줄 뿐더러 항균 효과까지 있다. 오염된 공기로 찌든 폐와 기관지도 깨끗하고 신선한 공기로 산뜻하게 청소해 준다.

은퇴하고 새로운 일자리를 찾지 못하고 있는 사람, 직장 퇴직 후 개인 사업을 하다가 실패한 사람, 이런 사람들 중에는 우울증이나 대인기피증을 안고 있는 사람들이 많다. 사회에 대한 불만, 다른 사람에 대한 원한, 자기 자신에 대한 자책감 등이 응어리로 뭉쳐 대화를 기피하고 다른 사람에 대하여 적개심을 품는 것이다. 이런 사람들에게 산길을 걷는 것은 많은 도움이 된다.

산길로 다니면서 만나게 된 친구가 있다. 그는 주로 쉼터에 앉아 있었는데 몇 번을 만났지만 목례나 눈인사도 없이 무표정하게 멍한 상태로 앉아 있었다. 대개 여러 번 만나면 눈인사라도 하는데 그는 좀 달랐다.

어느 추운 겨울 날 나는 보온병에 커피를 담아 갔다. 커피를 마시면서 그에게도 한 잔 권했다. 추운 날씨 때문이었는지 그도 고맙게 받아 마셨다. 그때부터 조금씩 얘기를 나누게 되었다.

그는 과거에 염색 공장을 운영했다. 형은 회사 경영과 영업을 맡고 그는 공장 운영을 맡았는데 제법 큰 규모로 성장했다. 그러던 중에 IMF 사태가 나면서 자금 사정이 어려워졌고 1~2년을 버티다가 결국 부도가 났다. 부도 후 형은 술에 의지해 지냈고 결국 건강 악화로 죽었다. 회사의 뒤처리는 고스란히 그의 몫으로 남게 되었다. 채권자들에게 시달리고 세무서, 경찰서로 불러 다니고, 도저히 못 견딜 것 같아서 자살하려고 암벽 위에도 올라가 보고 남한강에도 가 봤었다. 막상 죽으려고 하니 '손볼 놈'이 많아서 그냥 죽지는 못하겠더란다. 그러다가 그도 중풍으로 쓰러졌다. 지금은 많이 나았지만 처음에는 왼쪽 반신이 마비되어 걸어 다닐 수가 없었다고 한다.

오랜 투병 기간이 지나고 건강은 많이 회복했지만 그사이 부인과는 이혼을 했고 아들도 엄마를 따라가 버렸다. 부자 소리 듣던 재산은 부도로 다 날려 버렸다. 지금은 기초수급생활비로 살아가고 있다.

그의 마음을 가장 괴롭히고 있는 것은 형제들이었다. 형은 먼저 죽었으니까 어쩔 수 없고 누나 둘은 지금 돈도 많고 잘 살고 있다. 그가 공장을 운영할 당시에는 누나와 매형이 그의 도움을 무척 많이 받았다. 현재의 그들 재산도 대부분 그때 축적된 것이다. 그런데 그가 부도가 나자 나 몰라라 한다는 것이다. 그는 그게 너무 괘씸하고 분통이 터진다는 것이다. 때로는 죽여 버리고 싶을 때도 있다고 한다.

이런 마음이 응어리가 져서 사람을 만나기가 싫어지고 말도 하지 않고 지내왔다. 가슴은 늘 답답하고 소화도 잘 안 되고 잠도 잘 안 와서 산을 찾게 됐다는 것이다.

그런데 나한테 속마음을 털어놓으면서 변화가 생겼다고 한다. 우선 답답하던 가슴이 시원하게 뚫리는 것 같단다. 대화할 상대가 없으니 가슴속 맺힌 응어리를 풀어 놓을 수가 없었는데 일단 말로 뱉어내고 나니까 속이 후련해지는 것 같단다. 부도 이후로 사람과의 만남을 피하고 지내왔는데 오랜만에 나하고 긴 얘기를 하고 나니 기분도 매우 좋아진단다.

산을 오르내리니까 운동도 되고 소화가 잘되고 잠이 잘 오는 것도 당연하다. 그에게 이런 변화가 생기는 것은 너무도 좋은 일이다. 그렇지만 내가 그에게 해 준 것은 하나도 없다. 나는 단지 그의 얘기를 들어 주었을 뿐이다.

그의 마음에 변화가 일어나도록 도와준 것은 나무, 풀, 새, 바람, 햇빛, 공기와 같은 자연이었을 뿐이다.

환경을 아끼는 마음

1960년대에는 시골의 논에 메뚜기가 엄청나게 많았다. 여름 방학 때면 메뚜기를 잡으며 온종일 논에서 놀았다. 잡은 메뚜기를 구워 먹으면 바싹바싹한 게 간식으로 먹을 만하다. 그때에는 논두렁 사이의 도랑이나 개울의 풀숲에 미꾸라지도 참 많았다. 여름철 한나절만 잡아도 바구니에 한가득 될 만큼 잡혔다. 미꾸라지로 추어탕을 끓여서 더운 날 마당에 둘러앉아 맛있게 먹던 기억이 새롭다.

수년이 지나서 대도시에서 살 때 술안주로 메뚜기를 볶아서 나온 것을 본 적도 있다. 기름에 살짝 볶으면 고소하고 맛있다. 최근에는 메뚜기를 새로운 먹거리로 개발하려는 움직임도 있다고 들었다. 메뚜기, 귀뚜라미와 같은 곤충에는 단백질이 많아서 영양식으로 충분하다는 것이다.

그렇게 많던 메뚜기와 미꾸라지가 지금은 구경하기가 어렵다. 다 어디로 가 버린 걸까. 시골 논둑에서 한나절을 걸어도 메뚜기는 보이지 않는다.

예전에는 벼농사할 때 이른 봄에 산이나 들에 자란 풀을 베어서 물 댄 논에 뿌리고 쟁기질을 했다. 그러면 흙과 풀이 뒤섞여서 저절로 썩게 되고, 그것이 자연의 거름으로 활용되었다.

벼가 자라면 농부가 직접 논에 들어가서 잡초를 뽑았다. 그러니 벼도 건강하고 메뚜기도 잘 자랐다. 당연히 논도 오염이 되지 않고 공기도 깨끗했다.

요즘은 이렇게 자연 농법으로 농사짓는 사람이 거의 없다. 제초제를 뿌려서 잡초를 못 자라게 하고, 살충제를 뿌려서 해충을 죽인다. 이런 과정을 일 년에 여러 번 한다. 농사짓는 사람은 힘이 덜 들고 수월하게 농사지을 수 있지만 이것은 잡초와 벌레를 죽이는 동시에 흙도 죽이고 자연환경을 오염시킨다.

농촌에 젊은 사람이 없는 것도 한 원인이 될 수 있다. 젊은 사람은 모두 도시로 나가고 농촌에 노인들만 남았으니 일손은 부족하고 힘이 드는 농사일을 노인들이 감당하기 벅차다. 씨 뿌리고 거두어들이기에도 힘이 부치니까 좀 쉽게 하기 위해서는 농약을 쓰는 게 편하기 때문이다. 그렇지만 그렇게 지은 농작물은 전부 우리 입으로 들어오게 된다.

환경의 문제는 한 지역 또는 한 나라의 문제가 아니다. 중국과 몽골의 사막화로 인한 황사는 우리나라를 지나 일본과 미국까지 날아간다. 우리나라 남해에서 잡힌 생선, 해조류는 일본으로 수출된다. 토양의 오염은 강물을 오염시키고, 강물은 또 바다로 흘러들어 바닷물을 오염시킨다. 환경의 오염은 이렇게 지역과 나라의 경계를 넘나든다. 우리가 깨끗한 환경을 보존하는 데 더 많은 관심을 기울여야 하는 이유는 이런 데 있다.

청정한 환경을 보존하기 위해서는 개인의 참여가 중요하다. 큰 공장, 산업체, 기관, 국가 등은 체계적이고 조직적으로 관리할 수 있지만 개인은 자발적인 참여가 필수적이다. 개인의 측면에서 본다면 자기의 이익과 직결되지 않고 오히려 환경 보존을 위해 노력하는 것이 자신의 편리나 이익과는 배치되는 경우가 많다. 그러므로 잘 지키지 않으려는 속성이 있다. 그래서 환경 보존에 대하여 관심이 없는 사람이 많다. 자기 편한 대로 행동하고 이익이 나는 방향으로 판단해 버린다.

서울에서 가까운 북한산을 다니다 보면 쓰레기나 오염 물질을 함부로 버린 것을 자주 목격하게 된다. 어떤 것이 있는지 한번 보자.

- 생수용 페트병
- 소주병; 주로 유리병이지만 간혹 페트병도 있다.
- 막걸리용 페트병
- 술과 함께 먹은 거로 보이는 과자 봉지
- 나무그늘에 앉으면서 깔고 앉았던 종이
- 코 닦은 휴지
- 단체 등반을 하려고 표시한 나무에 맨 헝겊 띠

주로 나무 밑이나 바위 아래에 두어서 쉽게 보이지 않는 경우가 많다. 샛길로 빠져서 숲 속의 작은 공간에서 마시고는 나무 아래에 밀쳐두는 것이다.

산도 휴식이 필요하기에 등산로 외에는 입산을 못 하도록 목책을 세워두는데 굳이 그 길로 다니는 사람들이 있다. 혼자서 가기보다는 여럿이 무리를 지어서 가는 경우가 많다. 혼자 가면 미안하기도 하고 죄짓는 느낌도 드니까 들어가는 걸 주저하게 되지만 단체로 하면 '공동 책임 무책임'이라는 생각이 있는 것 같다.

생각해 보면 아주 간단한 일인데 이런 걸 잘 지키지 않는다. 관심이 없다는 태도다. 무관심이라는 것은 사회의 발전과 공공의 이익을 위해서는 큰 죄악이 될 수도 있다. 민주사회의 원천은 수많은 개인의 참여로 중지를 모으고 제도를 만들고 새로운 질서를 형성해 나가는 것이다. 사회의 유지와 무관하게 나 혼자 내 마음대로 행동하겠다는 것은 질서의 파괴를 의미한다. 많은 사람이 더 나은 사회를 만들기 위해 질서를 만들고 있는데 한쪽 구석에서 그 질서를 파괴하는 사람이 있다면 그 사회가 제대로 굴러갈 수 있을까.

개인의 무관심으로 망치는 것은 환경 외의 분야에서도 많이 나타난다. 정치가 특히 심한데 특정 소수에 의해 정책이 만들어지고 권력의 독점이 이루어지는 것은 모두 수많은 개인의 무관심 때문에 발생하는 것이다. 개인이 관심을 가지고 부정부패를 저지른 사람을 용서하지 않는 사회를 만들어야 올바른 사회가 된다.

개인들이 뒷짐 지고 있고, 쉽게 잊어버리고, 용서를 반복하니까 소수의 권력자는 부끄러워할 줄도 모른다. 죄를 지었다는 감정도 없고 국민에게 미안하다는 감정은 더더욱 없다. 당장은 귀찮고 번거롭다 할지라도 긴 안목으로 개인이 참여해서 벌을 주고 잘못된 것을 바로잡아야 한다. 이것이 결국 개인에게 이득으로 돌아오는 것이다.

경제·복지 분야 등도 같은 현상이다. 부정이 있고 부패가 이루어진 것에 대하여 개인들이 끝까지 관심을 두고 벌을 주어야 한다. 일과성으로 여기고 지나가 버리면 그런 행태가 없어지지 않는다.

환경은 우리가 살아가야 하는 공간이다. 우리의 삶이 건강하고 깨끗해지려면 오염되지 않은 환경을 유지해야 한다. 정치나 경제 분야의 잘못을 바로잡기 위해서는 많은 개인이 힘을 합쳐서 대응해야 하지만, 환경 보존의 문제는 개인이 스스로 지키면 된다.

물론 환경에서도 대기업이나 권력기관의 개입도 있지만 우선 개인들 각자가 관심을 가지고 깨끗한 환경의 보존을 위해 힘을 보태야 한다.

제5장 ≫

세상과 소통

배려하는 말씨

일본 아베 총리의 말을 생각해 보자.

'위안부는 인신매매 피해자. 이 문제를 생각하면 가슴 아프다.' (2015년)
'군 위안부 강제 연행의 증거가 없다.' (2015년)
'한국에는 기생집이 많아 그런 것(성매매)을 많은 사람이 일상적으로
하고 있다.' (1997년)
'종군 위안부는 지어낸 얘기다. 일본 언론이 만들어낸 얘기가 밖으로
나간 것이다.' (2005년)

이 말을 듣고 기분이 좋을 사람은 없을 것이다. 위안부와 직
접 관련이 없는 일반 사람도 이 말을 듣고

'뭔가 얘기의 핵심이 잘못 전개되고 있다.'
'피해자인 할머니들의 입장을 배려하는 마음이 전혀 없다.'
'피해를 준 나라의 최고 책임자로서 용서를 구하는 마음이 보이지 않
는다.'

'잘못에 대하여 반성하는 태도를 느낄 수가 없다.'

이런 생각을 하게 될 것이다. 일반 사람도 이러한데 피해자인 할머니들의 심정은 어떠할까.

피해에 대한 증거도 피해를 확인하는 제3 자의 증언도 많이 있고, 당사자인 할머니들이 육성으로 직접 부르짖고 있는데도 잘못을 한 쪽에서는 계속 발뺌을 하고 있다. 할머니들의 아픈 가슴을 달래주려는 배려의 말은 하지 않고 있다. 이렇게 되어서는 대화가 되지 않는다. 서로 간에 소통이 되지 않는다.

용서는 고사하고 가슴속에 한과 응어리가 더 크게 쌓여간다.

사람과 사람이 만나서 서로의 생각을 전달하고 감정을 나누고 같은 행동을 이끌어 내는 데 가장 중요한 수단은 대화다. 대화를 함으로써 다정한 사이가 되기도 하고 친구가 되기도 한다.

반대로 대화가 잘못되어 서로 간에 원한이 생기고 상대가 싫어지기도 한다. 이것이 발전되면 개인 간에는 싸움이 일어나고 국가 간에는 전쟁이 일어난다.

누구나 평화로운 세상을 원하지 불평과 불만이 가득한 세상을 원하지 않는다. 상대의 마음을 부드럽게 하고, 내 뜻을 상대에게 정확히 전달하고, 상대의 마음을 제대로 읽기 위해서는 상대를 배려해 주는 말씨가 매우 중요하다.

우리는 대화를 하면서 의도하지는 않았지만 상대방의 마음을 상하게 하는 말을 하거나 상대방의 아픈 마음을 더 아프게 하는 경우가 있다. 이런 상황을 피하고, 상대방의 마음을 편안하게 하며 상대방이 느끼는 감정을 같이 공유하려면 어떻게 하는게 좋을까.

하나, 다른 사람의 말을 잘 듣는다.

둘, 다른 사람이 말을 하는 중에 자르지 않는다.

셋, 다른 사람이 말을 하는 도중에 끼어들지 않는다.

넷, 다른 사람이 무슨 말을 하려는지 핵심을 파악한다.

다섯, 내 생각과 다르더라도 다 듣고 내 의견을 말한다.

여섯, 다른 사람의 말과 감정을 진심으로 받아들인다.

대화란 서로의 말을 주고받는 것이다. 한쪽이 일방적으로 얘기하고 다른 한쪽은 듣기만 하는 것은 대화가 아니다. 그것은 지시나 강요가 되고 독재의 근원이 된다. 그런 대화는 상대방의 기분을 상하게 하고 불평과 불만이 쌓이게 한다.

상대방을 배려하기 위해서 피해야 할 태도에는 어떤 게 있을까.

하나, 다른 사람에게는 말할 기회를 주지 않고 혼자서 말을 독식하는 것.

둘, 다른 사람이 말하는 것을 잘 듣지 않고 건성으로 듣다가 말이 다 끝난 후에 엉뚱한 말을 하는 것.

셋, 자기 의견은 말하지 않으면서 다른 사람의 말에 대해 핀잔을 주거나 비판만 하는 것.

넷, 다른 사람의 말은 무시하고 내 의견만 고집하는 것.

칭찬하는 말씨

칭찬을 받으면 기분이 참 좋다. 지난날을 돌아보며 내가 기분이 좋았을 때가 언제였나 생각해 보면 칭찬을 받았을 때였던 것 같다. 아버지는 말이 별로 없으셨다. 칭찬도 잘 안 하셨지만 꾸중도 잘 안 하셨다. 꼭 필요한 말만 하셨다. 긴말도 없으시고 짧은 몇 마디로 말씀하셨다. 옛날 어른들 특히 남자들은 이런 언행을 하는 경우가 많았던 것 같다. '남아일언중천금'이라든지 '남자는 언행이 무거워야 한다.'라는 교육이 그렇게 만든 원인일 수도 있다.

그런 아버지에게 칭찬 받은 적이 몇 번 있었는데 수십 년이 지난 지금도 옛일을 떠올리면 그게 가장 먼저 생각난다. 학교 다닐 때 시험 점수 잘 나왔다고 칭찬 받았는데 학창시절 16년 동안 두 세 번 그런 적이 있었던 것 같다.

칭찬은 사람의 감정을 흥분하게 만든다. 그래서 기분도 좋아지게 할 뿐더러 일을 하는 데 활력을 불어넣는다. 이 흥분의 여운은 오래 남아 있고 오랜 시간이 흘러도 뇌의 기억회로에는 그

기억이 남아 있다.

우리나라 사람들은 다른 사람을 칭찬하는 데 인색하다. 경쟁에서 이겨야 살아남는다는 관념이 박혀 있어서 좀처럼 다른 사람을 칭찬해 주지 않는다. 칭찬보다는 험담하기를 좋아한다. 직장인들이 스트레스를 푼다고 퇴근 후 한잔하면서 오가는 얘기는 온통 상사들에 대한 비판이나 험담들이다.

다른 사람이 잘 되면 상대적으로 나는 뒤처진다는 의식이 깔려 있는 것 같다. 그러나 실제로 칭찬을 해 보면 받는 사람도 해 주는 사람도 다 같이 기분이 좋다.

두 사람이 대화하는데 한 사람이 찡그리고 있으면 다른 한 사람도 기분 좋을 리가 없다. 한 사람이 입 다물고 눈을 내리깔고 있으면 다른 한 사람도 마음이 편안하지 못하다. 친구를 사귀고 싶으면 그 사람의 좋은 점, 잘한 일 등에 대해 칭찬을 해 주는 게 가장 빠르다. 조직이나 단체의 활동을 활발하게 만들려면 상대방의 좋은 언행을 칭찬해 주는 게 가장 좋다. 칭찬을 받은 사람은 더욱 활기차게 일하고 자신감을 가진다. 창의력도 더욱 좋아진다. 한 번 칭찬을 받으면 다음에 또 칭찬을 받을 수 있으리라는 기대를 하기 때문이다. 이것을 피그말리온 효과(Pygmalion Effect)라고 한다.

칭찬하는 요령

하나, 대화 중 또는 행동 중 칭찬할 만한 점이 보이는 즉시 그 자리에서 칭찬한다.

둘, 간단하고 짧게 얘기한다. 길게 반복해서 얘기하면 역효과를 볼 수 있다.

셋, 작은 일, 사소한 일에도 칭찬을 한다.

넷, 상대의 좋은 점, 잘한 일을 찾으려고 노력한다.

다섯, 상대의 실수, 착각, 오해, 잘못에 대해서는 관용의 정신을 가진다.

칭찬하는 효과

하나, 친밀한 감정, 좋은 관계를 유지할 수 있다.

둘, 칭찬 받을 기대감을 높여서 또 다른 칭찬 받을 일을 하게 만든다.

셋, 사회나 조직 내에 활력을 불어넣고 밝은 분위기를 만든다.

넷, 칭찬 받은 사람은 자신감을 갖게 되고 칭찬해 준 사람은 존재감을 갖게 된다.

다섯, 창의력과 집중력을 높이고, 이것은 사회나 조직의 발전을 위한 원동력이 된다.

칭찬할 때 주의할 점

하나, 같은 내용을 여러 번 반복해서 칭찬하는 것.

둘, 보는 앞에서는 칭찬하고 다른 자리에서는 비난하는 것.

셋, 너무 지나치게 칭찬하는 것.

넷, 칭찬할 타이밍이 맞지 않을 때.

다섯, 거짓 칭찬(사실과 다른 내용)을 하는 것.

긍정하는 말씨

우리는 종종 '인간답게' 살고 싶다고 호소한다. 인간답게 산다는 것은 어떻게 사는 것일까? 인간답게 사는 것은 동물답게 사는 것과 반대의 의미일까?

동물은 사실 자연 상태에서 산과 들, 강물을 뛰어다니며 사는 모습이 가장 아름답다. 여기에 인간이 개입하면서 동물의 삶은 힘겹고 피곤해졌다. 개발이라는 이름으로 산과 들을 파헤치면서 녹지 공간은 줄어들었고 동물이 살아가는 터전은 차츰 줄어들었다. 먹을 게 부족한 동물은 개체 수가 줄어들고 급기야 사람이 사는 영역까지 침범해 온다.

그러면 인간이 보호해 주는 동물은 어떨까. 한마디로 구속이다. 자유가 제한되어 있다. 먹는 것도 인간의 의지에 맡긴다. 힘들게 뛰어다니지 않아도 먹을 게 생기고 잠잘 곳이 생긴다. 인간의 눈으로 보기에는 마음 놓고 뛰어노는 것처럼 보일지라도 동물 스스로는 갑갑한 우리에 갇힌 상태다. 자유가 제한된 상태를 견뎌 본 사람이라면 이러한 생활이 좋다고 하지는 못할 것이다.

'인간답게' 산다는 것은 돈을 많이 벌어 부자가 되고, 대형 아파트에서 살고, 가족 간에 불화 없이 사는 것만으로 해결될 수 있을까? 물질적으로 풍족하게 사는 것도 필요하다. 가난에 허덕이며 만족감과 행복을 누리기는 어렵다. 극소수의 사람은 일부러 가난한 생활을 하며, 정신적 만족을 누리기도 한다. 그렇지만 이런 것은 특수한 상황에 해당한다.

사람은, 물질적으로 풍족한 것도 중요하지만 정신적으로 만족하지 않으면 '인간답게' 산다고 할 수 없다. 자신의 존재를 알아주는 세상, 다른 사람으로부터 인정받는 세상에서 살고 싶어 한다. 뜻을 같이하고 함께 행동하고 더불어 사는 사람이 많이 있는 사회가 매우 중요하다.

돈은 많지만 존경 받지 못하고 손가락질 받고 비판의 대상이 된다면 인간답게 산다고 할 수 없다. 다른 사람들과 잘 어울려 살고, 나로 인해 다른 사람이 불편을 겪지 않도록 하고, 다른 사람으로부터 신뢰와 인정을 받으며 사는 게 정말 사람 사는 느낌 아닐까?

이렇게 마음이 풍요로운 삶이 되려면 긍정적인 생각을 가지는 게 좋다. 긍정적인 생각을 가지면 어려운 일에 도전하더라도 도전에 대한 믿음이 생기고 자신감이 생긴다. 실패에 대한 두려움도 줄어든다. 따라서 즐거운 마음으로 일할 수 있고 힘든 과정도 이겨낼 수 있다.

자기 생각을 긍정적으로 가질 뿐만 아니라 다른 사람의 말과 행동도 긍정적인 시각으로 대할 필요가 있다. 나와 타인이 공존하는 사회에서 어느 한쪽만 행복해질 수는 없다.

각각의 말이 어떤 차이를 갖는지 어떤 의미가 있는지 살펴보자.
하나, A: 아! 그건 안될 것 같은데, 말도 안 돼.

B: 아! 그럴 수도 있겠구나.

둘, A: 너무 어려워, 네 능력으로는 무리야.

B: 넌 할 수 있어.

셋, A: 너무 무거워, 네 힘으로는 불가능이야.

B: 무거운데, 어떻게 하면 할 수 있는지 생각해 보자.

같은 현상을 두고 부정적인 생각을 하느냐 긍정적인 생각을
하느냐에 따라서 일을 대하는 자세는 엄청나게 달라질 수 있다.
긍정적인 생각은 힘과 용기를 배가시킨다. 따라서 결과도 좋다.
설령 실패하더라도 마음의 부담이 크지 않다. 부정적인 생각은
처음부터 포기하게 한다. 따라서 자신감을 상실하게 되고 자기
에 대한 믿음이 떨어지게 된다.

다른 사람과 대화를 할 때 긍정적인 말로 대화를 하는 것은
상대방에게 힘과 용기를 불어넣어 주는 역할이 된다.

긍정하는 대화의 요령
하나, 상대의 말에 관심을 가진다.
둘, 공감의 표시를 해 준다.
셋, 겸손한 태도를 가진다.

넷, 상대를 편하게 해 준다.

다섯, 여유 있는 마음으로 서두르지 않는다.

여섯, 상대의 말을 잘 들어 준다.

일곱, 부정할 때는 구체적 사유를 들어 얘기한다.

아름다운 멘토 찾기

프랑스 파리에 있는 루브르박물관에 갔을 때였다. 회화 전시관의 모나리자(레오나르도 다빈치 작) 그림 앞에서 많은 사람이 그림 감상을 하고 있었다. 그리고 뒤편 한쪽 구석에는 모나리자 그림을 열심히 베끼고 있는 학생이 있었다. 그 학생은 그림을 잘 그렸다. 진짜와 구분 못할 정도로 잘 그렸다.

만종과 이삭줍기(장 프랑스와 밀레 작) 그림 앞에도 그림을 베끼는 학생이 있었고, 부상자(귀스티브 쿠르베 작) 그림 앞에도 그림을 베끼는 학생이 있었다.

배우는 사람의 입장에서는 대가들의 그림을 모방하면서 자신의 실력을 키워 가는 것이다. 대가들이 잡은 그림의 구도, 색상, 명암 등을 따라 그리면서 배우고, 그림을 그릴 당시 대가들의 감정을 느껴 보는 것이다.

나보다 훌륭한 사람에게서 그들의 좋은 점을 배우는 것은 전혀 부끄러워할 일이 아니다. 개인이나 사회, 조직도 마찬가지다. 모방하는 것으로 시작해서 자신의 실력을 끌어올리고 궁극적으로는 모방의 대상을 뛰어넘을 수 있어야 한다.

'삼성전자'는 전자 제품의 생산에 뒤늦게 뛰어들었다. 당시 일본의 '소니'와 '마쓰시타'는 세계를 제패하고 있었다. 소니와 마쓰시타가 삼성에 기술을 제공해 줄 리가 없었다. 그래서 삼성은 일본의 '산요전기'로부터 기술이전을 받고 TV 수상기, 라디오, 스피커 등을 합작 생산하였다. '산요 전기' 제품의 모방인 셈이었다.

40년이 지난 지금은 어떠한가. 삼성은 소니와 마쓰시타를 뛰어넘어 세계 최고의 자리에 올랐다.

현대자동차 역시 뒤늦게 자동차 산업에 참여했다. 롤모델은 일본의 '도요타자동차'였지만 도요타에서 기술이전을 해 줄 리가 없었다. 그래서 미국의 '포드'로부터 기술이전을 받고 조립·생산을 시작했다. 엔진은 일본의 '미쓰비시자동차'와 기술 제휴를 했다. 모방으로 시작했지만 30여 년이 지난 지금, 세계의 이름난 자동차 회사를 제치고 선두와 각축을 벌이고 있다.

항상 배우려는 자세로 다가서는 사람은 보기에 아름답다. 경쟁자로 보일 수도 있지만 인간적인 면에서는 도와주고 싶은 마음도 생긴다.

모든 면에 좋은 점만 가진 사람은 없다. 한 가지라도 좋은 점, 잘하는 것이 있으면 그 점을 배우면 된다. 실제로 사람은 나보다 나은 점을 가진 사람에게 경외감을 가진다. 그 사람처럼 되어 보고 싶고, 그 사람과 같은 생활을 해 보고 싶어 한다. 이런 인간의 심리를 이용하는 게 광고다.

술 광고를 예를 들면 '참이슬' 소주에는 젊은 가수 아이유가 등장한다. '처음처럼' 소주에는 배우 신민아가, '클라우드' 맥주에는 배우 전지현이 나온다. 그녀들이 술을 잘 마시는 주당이거나 술을 좋아하는 애주가여서가 아니다. 주류회사 입장만 보면 주당이나 애주가를 내세우는 게 나을 수도 있다. 그렇지만 술을 마시는 일반인들로서는 예쁜 얼굴에 싱싱한 젊음을 가진 그녀들에게 끌리는 게 있다. 닮고 싶은 것이다.

전자담배 광고에는 근육질의 남자 배우 김보성이 등장한다. 터프하면서도 남성미가 있으며 의리를 내세운다. 담배를 피우면서 저런 근육을 과시할 수 있다는 환상을 심어 주려는 걸까?

이것과 반대의 효과를 노리는 광고도 있다. 코미디언 이주일 씨는 금연캠페인에 등장했다. 폐암에 걸려 호스를 목에 꽂고, 바싹 여윈 얼굴, 핏기없는 모습에 사람들은 경악했다. '당신도 담배를 피우면 이렇게 될 수 있습니다.'라는 암시를 주면서 닮지 말아야 할 모델로 제시한 것이다.

화장품 '헤라'에는 배우 김태희, '라네즈'에는 배우 송혜교가 나온다. 화장품을 사용하면 그녀들처럼 뽀얀 피부로 둔갑할 수 있고, 앳되고 청순한 아름다움을 간직할 수 있으리라는 믿음을 심어주는 것이다.

닮고 싶은 모델은 모든 분야에 다 있다. 정치, 종교, 운동, 문화, 교육 등 어느 분야라도 훌륭하고 뛰어난 능력을 갖춘 사람들이 있다. 이런 사람 중에서 자신이 하고 싶은 일, 가야 할 길과 같은 분야라면 자신의 멘토로 삼아도 좋다. 또는 자신의 부족한 점, 배워야 할 점에 대해 거울이 될만한 사람을 멘토로 삼아도 좋다.

청춘들에게 '포부를 크게 가져라.' 또는 '큰 꿈을 가져라.'라는 말을 많이 한다. 젊은 사람에게는 잠재력도 무궁무진하고 앞으로 도전의 기회도 엄청나게 많이 열려 있다. 그렇지만 중년으로 접어든 사람은 삶을 좀 더 진지하게 바라볼 필요가 있다. 지금까지 목표와 이상을 바라보며 살아왔다면 앞으로는 좀 더 현실적인 면에서 삶을 바라볼 필요가 있다.

그런 면에서 자신과 너무 동떨어진 세계에서 사는 사람, 자신과 처지가 너무 다른 사람에게서 멘토를 찾기보다는 자신과 가까이에 있는 사람, 자주 볼 수 있는 사람에게서 멘토를 찾는 게 훨씬 더 유리할 수 있다.

예를 들면,

하나, 잉꼬부부로 알려진 사람. 부인(남편)과 다정하게 손잡고 외출하며, 정겹게 소곤거리며 다니는 사람.

둘, 딸이나 아들과 함께 웃고 떠들며 때로는 자상하게 얘기해 주고 화기애애한 분위기를 가지는 사람.

셋, 부모와 사이가 좋은 사람. 산책도 함께하고 세상 얘기도 고루 잘 전달해 주는 사람.

넷, 자신의 건강관리를 잘해서 나이보다 젊게 사는 사람. 매일 아침 산책도 하고 헬스도 하고 자기를 위해 부지런한 사람.

다섯, 자원봉사를 잘 다니는 사람. 동네의 작은 일부터 정부나 체육 단체 등에서 하는 행사에 봉사 활동을 잘하는 사람.

여섯, 자율 방범 활동, 청소년 안전 지킴이 등 동네 안전을 위한 활동에 열심히 참여하는 사람.

　주변을 살펴보면 우리가 본받을 가치가 있는 사람이 의외로 많이 있다. 눈을 너무 높이 치켜들고 있으면 가까운 곳이 보이지 않는다. 함께 만나 얘기도 나눌 수 있고 정도 주고받을 수 있는 사람에게서 멘토를 찾는 게 좋다.

소리 없는 선행

2015년 1월 10일 의정부의 한 아파트에서 화재가 발생했다. 불은 1층 주차장에서 발화되어 불어오는 바람을 타고 삽시간에 아파트의 전 층으로 번져 나갔다. 잠을 자던 주민들이 깨어나서 밖으로 탈출하려 했지만, 불길과 유독가스에 꼼짝없이 갇혀서 창문으로 손과 얼굴을 내밀고 아우성을 치고 있었다.

이때 트럭을 몰고 그 앞을 지나던 사람(이승선, 51세)이 있었다. 그는 위험에 빠진 사람을 구하기 위해 차에 있던 밧줄을 들고 화염에 싸인 아파트의 벽을 타고 올랐다. 가스 배관과 창틀을 잡고 올라가서 3층과 8층 사이를 오르내리며 10명을 구출했다. 그는 20년간 고층 건물에 간판 다는 작업을 해왔으며, 그날도 그 일을 위해 30m 밧줄을 차에 싣고 있었다.

그의 의로운 행동은 다음 날 각 매스컴에 실렸다. 그러자 한 독지가가 나타나서 위험에 처한 국민을 구한 그의 선행에 감명을 받은 뜻으로 그에게 3,000만 원의 성금을 전달하려고 했다. 그런데 그는 그것을 거절했다. "땀 흘려 일한 대가로 얻는 돈이 달콤하지, 시민으로서 같은 시민을 도왔다는 이유로 돈을 받을 수는 없다."는 말과 함께.

여기까지는 알려진 사실이다. 이 일화에서 인간의 행위에 대해 생각해 볼 필요가 있다.

주민을 구출한 이 씨와 독지가 두 사람 다 선행을 한 것임엔 틀림없다. 화염이 뿜어져 나오는 화재 현장에 접근한다는 게 보통 선해서는 행하기가 어렵다. 더군다나 가스 배관과 창틀만 이용해서 아파트 외벽을 오르기도 쉽지 않고, 밧줄에 의지해 사람을 매달고 그것을 한 손으로 당기며 사람을 땅바닥까지 내려 주는 건 더욱 어렵다. 10층 높이의 벽을 오르는 용기도 있어야 하고, 밧줄을 이용해 본 경험도 있어야 하고, 한 손으로 성인의 체중을 견딜 수 있는 체력도 있어야 한다. 가장 중요한 것은 위험한 순간에 사람을 구해야겠다는 살신성인의 신념이 있어야 한다. 이런 점을 두루 갖춘 이 씨는 순수한 선행을 한 것임이 분명하다.

독지가는 어떨까?

만약 이씨가 성금 3,000만 원을 받았다면 다음날 매스컴에 독지가의 이름과 사진이 나오고 그의 행위는 선행으로 더 알려질 것이고, 그의 명예는 올라갈 것이다. 독지가가 사업체를 경영하는 사람이라면 회사의 주가는 오르고 매출도 늘어날 수 있다. 이것은 금액의 많고 적음보다는 회사 주인의 마음 씀씀이가 시민의 안전을 위해 좋은 일을 한다는 관념을 심어 주므로 매우 중요하게 여겨질 수 있다. 요즘같이 개인의 안전을 중시하는 사회에서 이것은 얼마나 중요한 요소인가. 안전에 관해서라면 화재, 지진, 화산폭발, 자동차 사고 등과 같은 사건에서부터, 최근에는 특히 먹는 음식에 대한 안전 문제가 커다란 관심사인 상태다. 이런 상황에서 독지가의 회사, 제품에 대한 신뢰가 쌓이는 것은 광고해서 쌓이는 효과보다 엄청나게 클 수 있다.

그 독지가가 이런 면까지 고려해서 성금을 전달하려 했는지 아니면 순수한 마음으로 감사의 뜻을 전달하려 했는지는 알 수 없다. 그러나 현실 사회에는 자신의 부를 과시하고 싶어 하거나, 자신의 명예를 타인으로부터 인정받고 싶어 하는 사람들이 많이 있다.

선행을 함으로써 자신의 이름도 알리고 회사의 이미지도 높이려고 하는 의도가 있다. 물론 이런 의도를 가지고 선행을 하더라도 그 선행 자체가 잘못된 것은 아니다. 그렇게 하더라도 선행을 많이 하도록 하는 것이 좋다. 단지 그러한 의도를 가지고 선행을 한 후에 그 사실을 너무 떠벌리거나 다른 이익을 위해 이용하려고 한다면 그 모습은 추해진다. 사람들은 그 선행 자체도 평가절하하게 된다.

혈연관계가 있는 것도 아니고, 어떤 특수 관계가 있는 것도 아닌 상태에서 전혀 모르는 사람에게 3,000만 원의 큰 돈을 전달하려는 뜻을 가진 사람은 존경스럽다. 그 뜻을 왜곡하고 싶은 생각은 전혀 없지만 이런 점은 한 번 생각해 보자.

우리가 사는 집 주변에 불쌍한 아이가 있고 그 아이가 돈이 없어 학교에 가지 못하고 시장에서 좌판을 하고 있다면, 이웃에 살지만 얼굴도 모르는 사람이 공장에서 일하다 사고로 다쳐서 드러눕게 되고 어린 자식들이 먹을 것이 없어 굶어 죽을 지경이라면 과연 그들에게 선뜻 선행을 베풀어 줄 사람이 얼마나 될까?

어쩌다 그 사실이 언론에 노출되면 도와줄 독지가가 나타날 것이다. 언론에 실리지 않으면 설령 그 사실을 알더라도 선뜻 나서는 사람이 아주 드물다. 적어도 자신의 선행을 알아줄 사람도 없고, 자신을 인정해 줄 사람도 없기 때문이다.

그렇지만 우리 사회가 건강하게 발전하고 모두가 평화로운 세상이 되기 위해서는 작은 일이라도 말없이 선행을 베푸는 사람이 많아져야 한다.

2009년 12월 미국의 영화배우이자 가수인 린제이 로한은 영국의 BBC 방송 취재팀과 인도 콜카타에 머물면서 인신매매로 팔려 가는 인도소녀 40명을 직접 구출했다고 자신의 트위터에 자랑삼아 올렸다. 어린 소녀 40명을 살렸다면 이건 대단한 일이 아닐 수 없다. 한 사람의 생명은 돈의 가치로 환산할 수가 없기 때문이다.

이 소식을 듣고 인도의 어린이 구조 캠페인 운동가이자 변호사인 부완은 로한과 BBC 취재팀이 이 아이들을 만난 것은 이미 이들이 구출된 후라고 폭로했다.

만약 인도의 부완이 이 사실을 폭로하지 않았다면 로한은 훌륭한 선행자로 역사에 길이 이름을 남겼을 수도 있었을 것이다.

선행하는 사람의 얘기를 들어보면 선행을 할 때 그 행위 자체만으로도 굉장히 기쁘다고 한다. 남이 알아주지 않아도 자신의 가슴속에 뿌듯한 느낌, 만족감이 오는 것이다.

　우리 주위에는 작은 도움으로도 커다란 위안을 느낄 수 있는 사람들이 많이 있다. 물질적이 아니라 마음만으로도 해줄 수 있는 도움이 있다. 중요한 것은 우리가 자신의 주변에 있는 다른 사람에게 관심을 두는 것이다.

스마트폰과 결별

여성가족부가 발표한 '2015년 인터넷·스마트폰 이용 습관 진단 조사'를 보면, 초등학교 4학년, 중학교 1학년, 고등학교 1학년 등 학령 전환기 학생 142만여 명을 대상으로 조사한 결과, 스마트폰 중독 위험군 15만 1,915명(10.7%), 인터넷 중독 위험군 10만 5,929명(7.5%), 인터넷·스마트폰 둘 중 하나 이상 중독 위험군 20만 8,446명(14.7%)으로 나타났다.

스마트폰 중독 현상은 우리나라만의 문제는 아니다. 미국, 일본, 영국 등 스마트폰 사용이 많은 선진국은 공통으로 이 문제에 대한 고민을 안고 있다. 어떤 학교에서는 등교 시에 스마트폰을 받아서 보관하다가 하교 시에 돌려주기도 하고, 또 다른 학교에서는 등교 시에 스마트폰을 소지하지 못하도록 하기도 한다. 다양한 방법으로 스마트폰 중독을 예방하려고 하지만 궁극적인 해결 방법이 되지 못한다. 이것은 사용하는 사람의 절제가 없으면 안 되기 때문이다.

미국 콜로라도주 볼러에 사는 12세 소녀는 일급 살인 혐의로

기소되었다. 자기 스마트폰을 엄마에게 빼앗기자 이에 앙심을 품고 엄마를 살해하려 한 것이었다. 1차 시도는 엄마가 매일 먹는 음료 '스무디'에 표백제를 넣어 독살하려 했으나 실패했고, 2차 시도는 엄마의 물병에 표백제를 넣었으나 냄새가 이상한 것을 알아차린 엄마에게 발각되어 또 실패하였다.

중독된 습관을 끊기란 이처럼 어렵다. 이 어린 소녀만 유별난 것이 아니다. 담배, 마약, 도박, 술 등 어떤 종류의 중독이라도 이미 몸에 배어 버린 습관을 어느 순간 중단한다는 것은 자신의 의지가 포함되지 않으면 성공하기 어렵다.

한 리서치센터에서 설문조사를 해 보니 스마트폰 사용은 전 연령층에서 고르게 사용되는 것으로 나타났다. 단지 사용 패턴만 조금 다르게 나타났을 뿐이다. 10대는 게임, 커뮤니케이션 앱, 만화 앱을, 20대는 커뮤니케이션 앱, 동영상 앱을, 40~50대는 게임을 많이 이용하고 커뮤니케이션은 상대적으로 적게 이용하는 것으로 나타났다. 중독 현상도 전 연령층에서 고르게 나타난다.

성인이 운전 중에 스마트폰을 보다가 사고로 이어지는 사건은 심심찮게 들는다. 중국에서 일어난 사고를 한 번 보자.

중국 후난성 창사시에서 한 남성이 오토바이를 타고 가면서 스마트폰으로 게임을 하다가 자동차와 충돌했다. 이 남자는 바닥에 쓰러진 상태에서도 스마트폰을 들고 게임을 하고 있었다. 응급차가 올 때까지 말이다.

게임에 몰입되어 버리면 그 순간만은 다른 생각을 할 여유가 없어진다. 마치 뇌의 다른 기능은 일시 정지되어 버리는 듯하다. 오직 '게임에서 이기느냐 지느냐'는 생각뿐이다. 이래서 스마트폰 중독이 되면 디지털 치매에 걸린다는 말이 나온다.

부모가 아이들에게 스마트폰 사용을 자제하라고 얘기하지만 사실은 그 부모도 중독되어 있기는 마찬가지다. 인터넷에 올라와 있는 몇 가지 예를 보자.

- 고3 딸이 엄마에게 내신 성적과 대학 진학 문제 고민을 얘기하는데 엄마는 스마트폰에 빠져 듣는 둥 마는 둥 건성으로 대답한다.
- 한집에 있으면서 엄마와 자식 간에 대화를 카카오톡으로 한다.
- 가족이 외식하는데 아빠, 엄마, 아들, 딸이 각자 스마트폰을 보느라 대화가 없다.
- 아이가 울거나 보채면 스마트폰으로 영상을 틀고 손에 쥐여 준다.
- 엄마가 연속극을 보거나 친구와 얘기하는데 아이가 방해하면 스마트폰 게임을 틀어 준다.

이런 예를 보면 어른이라고 더 절제하는 건 아닌 것 같다. 부모가 스마트폰을 손에서 놓을 줄 모르면 자식도 닮아 간다. 자식에게 '스마트폰 보는 시간을 줄여라, 친구를 사귀어라, 책을 읽어라.'고 하는 소리는 공염불이 된다.

왜 많은 사람이 손에서 스마트폰을 놓을 줄 모르는 걸까? 무언가를 하지 않고 있으면 자신이 사회에서 소외된다고 여기기 때문이다. '수많은 정보가 난무하고 있는데 자신만 모르고 있는 게 아닐까, 남들은 무엇을 하고 있을까, 자신이 없는 자리에서 혹시 자신을 평가하고 있는 건 아닐까, 자신이 울타리에서 배제되는 건 아닐까.' 이런 심리가 작용하므로 항상 불안감과 긴장 속에서 살아가게 되고 그러다 보니 아무것도 하지 않고 가만히 있는 걸 견디지 못한다.

이게 습관으로 굳어져 있다. 이런 습관은 오랜 기간에 걸쳐서 형성되었기 때문에 대부분 사람은 자신이 그런 습관이 있는지 잘 알아차리지 못한다.

우리는 학교생활부터 경쟁 속에서 살았다. 친구보다 좋은 점수를 받아야 하고 친구가 어떻게 공부하는지 어느 학원에 가는지를 알아야 했다. 사회에 발 디뎌서는 동료보다 좋은 실적을 올려야 하고 동료보다 빨리 승진해야 하고, 그렇지 않으면 그 사회에서 낙오되는 거로 알아 왔다. 그러니 아무것도 하지 않는 건 곧 다른 사람보다 뒤처지는 결과로 이어지는 것이라 느끼는 거다.

스마트폰은 이런 현대인의 심리에 딱 들어맞는 기계다. 시간과 장소에 구애 받지 않고 어느 때든 손가락만 누르면 된다. 정보도 파악할 수 있고, 대화도 나눌 수 있고, 게임도 할 수 있다. 심리적으로 위안이 되는 것이다.

그렇지만 너무 스마트폰에 집중하는 것은 오히려 자신을 기계에 구속 당하게 한다. 스마트폰이 없으면 불안해지고 정신의 집중이 안 된다. 쓸데없는 망상으로 머리가 혼란스러워지고 우왕좌왕하게 된다. 이미 중독이 된 상태다.

또 한 가지는 보기 싫은 사람에게 말을 해야 할 때, 얼굴 앞에서 어려운 얘기를 하기가 곤란할 때, 자신을 숨기고 싶을 때 등 사람을 보지 않고 의사를 전달하기가 편하니까 사용하게 된다. 이것도 역시 일시적으로는 편하게 생각될지 모르지만 결과적으로는 대인기피증의 원인이 될 수 있다.

사람은 만나서 얼굴을 보며 대화를 해야 서로 정을 나눌 수 있다. 말과 표정과 동작을 보면서 상대와의 감정을 공유하고 친분을 쌓을 수 있다. 사람은 혼자서 살아갈 수 없는 동물이므로 다른 사람과 친분을 맺고 서로의 관계를 잘 맺어두는 것은 매우 중요하다. 만나지도 않고 얼굴도 보지 않고 말만 전달하는 것으로는 좋은 관계를 맺고 유지하기가 어렵다.

편리한 생활에 익숙한 사람이 조금 불편한 생활로 돌아가는 것은 매우 어렵다. 그렇다고 해서 불편한 생활이 불행한 생활은 아니다. 조금 더 자연에 가까운 생활로 돌아가는 것이다.

인도네시아의 밀림에 사는 원주민들, 또는 네팔의 산악 지대 오지에 사는 사람들의 얘기를 들어 보면 그들이 스스로 불행하다고 말하지는 않는다. 좀 불편하다는 건 인정하지만 살아가기엔 충분하다는 것이다. 기계나 문명의 생활과는 좀 뒤떨어져 있지만 반대로 자연의 이점은 더 많이 누리고 있다.

우리는 스마트폰이라는 편리한 기계에 너무 익숙해져 있다. 자나 깨나 스마트폰을 끼고 있으니 우리가 스마트폰에 조종당하고 감시 당하는 느낌이다. 그로 인해 우리는 많은 것을 놓치고 있다. 친구와의 만남, 가족과의 대화, 이웃과의 정 나누기 등

과거부터 해오던 좋은 습관을 놓치고 있다. 그리고 스마트폰에 빠져들어 스스로 자기폐쇄를 하고 있다.

습관을 바꾸기 위해서는 자기 의지가 매우 중요하다. 일단 생각을 정리해 보는 시간을 가지자. 일과를 마치는 저녁에 그 날 하루의 일을 정리해 보자. 하루의 일과 중 미비했던 것, 반성할 것, 고쳐야 할 것 등을 생각하다 보면 스스로 자신의 습관 중에서 바꿔야 할 부분이 나올 것이다. 마음의 여유가 생기면 조용히 눈을 감고 명상을 해 보는 것도 좋다. 아무런 생각 없이 눈을 감고 앉아 있어 보자.

굳이 명상이니 참선이니 하는 이름을 붙일 필요도 없다. 그저 내 몸이 편안해지는 상태면 좋다. 이렇게 며칠 지속하면 마음도 정리되고 몸도 편해지는 것을 느낄 수 있다.

마음에 잡념이 없어지면 스트레스도 사라지고 우울증, 강박관념 같은 것도 없어진다. 육체의 상태도 아주 편안하게 돌아온다. 그리고 스마트폰에 의지하는 습관도 당연히 없어진다.

생각 정리하기

말은 의사를 전달하기 위한 수단이다. 표정과 몸짓으로도 어느 정도의 의사는 전달할 수 있겠지만 복잡한 관계를 설명하거나 섬세한 감정을 표현하거나 분명하고 명료하게 자기 생각을 알리기 위해서는 말이 있어야 가능하다. 이것은 인간을 다른 동물과 차별화하는 중요한 요소다.

말은 자기 생각으로부터 나온다. 그래서 그 사람의 말을 들어 보면 그 사람의 지적 수준이 어느 정도인지 짐작할 수 있고, 그 사람의 감성이 풍부한지도 알 수 있고, 그 사람의 정신세계의 수준도 헤아려 볼 수 있다. 말은 곧 그 사람의 얼굴이다. 말은 잘 가려서 해야 하고, 생각을 거쳐서 나오는 여과 과정을 거친 정제된 표현이 되어야 한다.

며칠 전 지하철역 부근을 가는데 뒤에서 큰 소리가 들렸다.

"안 돼, 이 새끼야!"

뒤돌아봤다. 나이가 좀 든 남자와 젊은 여자가 걸어올 뿐 특별히 이상한 조짐은 없었다. 잠시 뒤 여자의 목소리가 들렸다.

아름답게
늙어 가기

"아빠, 그래도 그렇지, 30대 딸에게 그렇게 말해도 돼?"

다시 뒤돌아봤다. 화를 낸 표정은 아니었다. 남자는 약간 웃음을 머금은 표정이었다. 싸움하고 있는 게 아니어서 다행이었다. 그렇지만 기분이 좋지는 않았다.

아빠와 딸의 관계라면 가장 정다운 사이가 아닌가. 그렇다면 부드러운 말씨가 오가야 하는 게 아닌가. 그런데 어떻게 해서 길거리에 많은 사람이 있는 공간에서 큰 소리로 '이 새끼'를 외칠 수 있는가. 웃고 있는 거로 봐서는 화를 내는 건 아니고 평상시 말투가 그런 것 같았다. '이 새끼'란 말을 쓰면서 소곤거리듯이 말하는 사람은 없다. '이 새끼'를 말하는 순간 약간은 흥분되는 감정이 섞인다. 그것이 장난이거나 농담이라도 딸에게 하는 것은 정상이 아니다. 더욱 문제인 것은 그런 말이 욕인 줄 모르고 습관적으로 사용하는 것이다.

아주 다행인 것은 딸이 그 말을 듣기 싫다고 표현한 것이다. 딸은 잠시 뜸을 들인 후에 그 말을 했다. 아빠에게 듣기 싫다는 말을 할까 말까 아주 잠깐 생각한 후에 그 말을 했다. 비록 아빠가 불편해 할지라도 잘못된 말은 잘못됐다고 얘기해야 한다. 그렇지 않으면 잘못된 습관은 고쳐지지 않는다.

사람이 많이 다니는 공간을 지나다 보면 청소년들의 대화를 엿듣게 되는 경우가 있다. 자기들끼리는 자연스럽게 떠들고 있다. 그런데 들다 보면 욕설이 너무 많이 섞여 있다는 걸 알 수 있다. 정작 얘기하는 당사자들은 그것을 모르고 있다. 옆에 어른이 있어도 거리낌이 없고 부끄러워하는 기색도 없다. 욕설로

하는 대화가 일상생활로 자리 잡고 있는 것이다. 이런 현상은 어른들의 책임이 크다. 가정에서 사회에서 어른들의 말이 정화되지 않고 생각 없이 내뱉는 말이 많아지면, 아이들은 욕설이나 막말에 죄의식을 느끼지 않는다.

나름대로 지성을 갖춘 사람이라고 자칭하는 사람들은 어떨까. 판사, 교수, 교사, 공무원, 국회의원 등 막말로 매스컴을 오르내리는 자칭 지성인들도 많다. 대중을 대변해야 하는 사람들로서 기본 소양이 부족하다.

막말이 늘어나는 원인은 어디에 있을까.

하나, 다른 사람에 대한 배려가 부족하기 때문이다. 자신이 하는 말이 다른 사람에게 어떤 상처를 줄 것인지 생각이 없이 말한다.

둘, 사회가 극단적으로 양극화되어 있기 때문이다. 내 주장만 옳고 상대방의 주장은 인정하지 않는다.

셋, 과도한 상업주의에 물들어 있기 때문이다. 막말해서라도 남들과 다르게 '튀어 보자'는 심산이 깔렸다.

민주와 자유가 보편화되면서 개인의 인권에 대한 요구도 많아지고 있다. 사람들은 다른 개인으로부터, 국가나 사회로부터 통제나 제한을 받고 싶어 하지 않는다. 특히 과거 독재를 경험한 사실이 있어 더욱 민감하게 반응한다. 그러나 개인에게 제한 없는 자유가 주어지는 건 아니다. 다른 사람에게 해를 끼치는 자유, 다른 사람의 마음을 상하게 하는 자유, 사회를 병들게 하는 자유, 다른 사람의 입을 봉쇄하는 자유까지 자유로 인정할 수는 없다.

사회가 건강하고 밝은 사회가 되려면 생각 없이 내뱉는 말이 없어지고, 생각하고 여과되어 정리된 말이 필요하다.

하나, 말하기 전에 생각하는 습관을 가진다. 2~3초의 여유만 가져도 많은 도움이 된다.

둘, 일이나 행동을 급하게 서두르지 않는다. 몸이 급해지면 마음이 급해지고 머리가 복잡해진다.

셋, 아침에는 그날의 할 일 정리, 저녁에는 그날의 있었던 일을 정리하는 습관을 지닌다. 일을 정리하는 습관이 되면 생각의 정리도 순서에 따라 된다.

넷, 할 일이 있으면 쉬운 일부터 빨리 처리한다. 생각할 것이 단순해지도록 만든다.

다섯, 자신과 관련 없는 일에 너무 깊이 빠져들지 않는다. 잡념만 늘어날 뿐이다.

여섯, 스트레스를 빨리 풀어 버린다. 웃는 연습도 좋은 방법이다. 명상을 통해 머리를 비우는 것도 좋다.

손해 보는 삶

작은 이익을 위해 목숨을 거는 것은 참 어리석다. 그렇지만 작은 이익을 얻기 위해 위험을 무릅쓰고 달려드는 사람들이 있다.

자동차 운전을 하다 보면 차선을 변경해야 할 때가 있다. 차가 많을 때는 옆 차선으로 끼어드는 게 어려울 때도 있다. 어쩌다 길을 모를 경우에는 본의 아니게 뒤차에 불편을 끼치는 경우도 있다. 이럴 때 조금만 양보하면 자신도 기분 좋고 다른 사람도 즐거운 마음으로 하루를 보낼 수가 있다.

그러나 자신의 불편을 참지 못하고 다른 사람이 끼어드는 걸 배려해 주지 않는 사람들이 있다. 한 대 끼워 준다고 해서 자신이 가야 하는 시간이 크게 손해 보는 것도 아니다. 시간의 차이는 1~2분에 불과하다. 그런데도 굳이 자신의 차선에 들어오지 못하게 방해하고 급기야 화가 난다고 폭력까지 행사한다.

이러한 운전 방해 또는 보복 운전의 예를 보면, 운전 시비 끝에 차량으로 밀어붙이거나, 끼어들 때 양보해 주지 않는다고 삼단봉으로 폭력을 행사하거나, 주차 시비 끝에 야구방망이로 폭행하거나, 최근에는 가스총까지 등장하여 위협을 한다.

눈앞에 있는 작은 이득을 놓치지 않으려고 다른 사람의 생명을 위협하는 것은 사람이 할 짓이 아니다. 사람은 선물을 받을 때보다 선물을 줄 때가 더 기분이 좋다. 남한테 베푸는 사람은 그때가 가장 행복하다고 말을 한다. 많은 사람이 더불어 살아야 하는 세상에서 나 혼자 편리하고, 나 혼자 이득을 보겠다는 생각은 사회의 질서를 해치게 되고 많은 사람을 불편하게 만든다.

개인의 이득을 넘어, 여러 사람이 뭉쳐서 자기들의 이익만 챙기려는 사람들도 많다. 이것도 공공의 행복을 깨뜨리는 것은 마찬가지다. 쓰레기 폐기장, 화장장, 장애인 센터 등을 세우려고 하면 자기 동네에는 안 된다고 한다. 그런 시설들이 들어서면 지저분해지고, 냄새나고, 또는 동네 이미지가 안 좋아져서 집값이 내려간다는 논리다. 그러면 쓰레기 안 버리고 사는 사람이 있는가. 늙어도 죽지 않는 사람이 있는가. 자기 스스로 장애인을 선택해서 장애인 된 사람이 있는가.

사람이 살아가는 한 누구나 겪어야 하는 일이지만 자기 동네에는 절대로 안 된다는 것이다. 모든 사람이 그렇게 주장하면 이런 시설은 아무 데도 설치하지 못한다. 달나라로 보내든지 화성으로 보내든지 해야 한다. 누군가는 이해하고 양보를 해야만 공존할 수 있다. 공동사회가 유지되고 발전하여 모든 사람이 행복해지기 위해서는, 이러한 개인의 작은 이득은 양보할 줄도 알아야 한다.

개인의 이익은 손해 보면서 많은 사람의 행복을 위해 자신의 삶을 바친 사람들도 많다.

'염소 할머니' 얘기를 들으면 정말 숭고한 정신이 느껴진다.

할머니는 젊어서 남편과 이별하고 딸 하나와 살았다. 딸이 7살 되던 해, 딸은 병에 걸려 하늘나라로 떠났다. 혼자가 된 할머니는 그때부터 막노동판을 다니면서 온갖 궂은일을 해오다가 나이 오십이 되어 고향인 경남 함양군 안의면으로 돌아왔다. 그리고 고향 산자락에서 염소를 키우기 시작했다.

산골에서 여자 혼자 생활하기가 쉽지 않았을 것이다. 얘기할 상대도 없고, 외로움을 토로할 상대도 없었다. 그래서 말벗 삼아 또 자식 삼아 염소를 기르기 시작했다. 30년을 맛있는 것도 먹지 않고 좋은 옷도 사지 않고 오로지 염소를 키우며 번 돈을 저축해 왔다.

마침내 그 돈이 1억으로 불어나자 고등학교에 장학금으로 내놓았다. 자신은 배우지도 못했지만 공부를 하고 싶어 하는 아이들을 위해 평생 모은 재산을 선뜻 내놓은 것이다.

인터뷰하면서 할머니가 남긴 말은 더욱 가슴을 찡하게 만든다.

'어린 학생들을 위해 가진 것 모두 내놓고 갈 생각'이란다.

자기 것 움켜쥐고 남의 것 더 못 빼앗아 안달이 난 세상에 이렇게 숭고한 정신을 가진 사람이 있다는 것만 해도 얼마나 살 맛 나는 세상인가. 할머니는 자신이 가진 모든 것을 내놓았지만 할머니의 이름은 길이 남을 것이다. '정갑연장학금'을 통해, 또 학교에 세워진 '송덕비'를 통해. '죽은 뒤에 그게 무슨 소용이 있나?'라고 생각하는 사람도 있을까? 그렇지 않다. 호랑이는 죽어서 가죽을 남기고 사람은 죽어서 이름을 남긴다고 했다. 이런 일을 행동으로 옮길 수 있는 용기와 지혜를 가진 사람은 그리 많지 않다.

아프리카의 수단에서 봉사와 교육을 위해 젊을 바친 이태석 신부는 또 얼마나 우리의 가슴을 울리는가. 의사의 길을 걸으면서 편안한 삶을 살 수도 있었지만 신부의 길을 선택했고, 더욱이 아프리카의 오지 마을에서 힘들게 사는 사람들을 위해 봉사하는 길을 선택했다.

말라리아와 콜레라가 번지고, 섭씨 45도가 넘는 더운 날씨에 내전으로 비참하게 살아가는 아이들을 위해 의료와 교육 활동을 시작했다. 그러다가 자신은 병을 얻어 48세라는 한창 나이에 세상을 떠났다. 그는 죽었지만 그의 뜻은 얼마나 숭고한가.

수단에서는 국정교과서에 그의 이름과 활동을 실어 그의 삶이 헛되지 않았음을 알리려 하고 있다. 또 이태석 기념 병원의 건립도 추진하고 있다.

개인의 이익에만 집착하는 사람은 공동사회의 안녕과 번영에는 관심이 없다. 자신이 가진 자산과 이익을 타인이나 사회를 위해 투자할 용기와 지혜도 없다. 그러나 공동사회의 안정과 발전이 없으면 개인의 이익도 형성되지 않는다.

예를 들어 범죄와 폭력이 난무하는 마을이 있다고 치자. 그 마을에 혼자서 커다란 집을 짓고 산다면 마음 편안하게 살 수 있을까?

가난과 질병으로 고생하는 나라에서 혼자만 먹을 것을 쌓아 두고 산다면 그는 행복하게 살 수 있을까? 아마 고민과 걱정이 많아서 밤마다 잠도 못 자고 불안하게 지내야 할 것이다. 그러다가 고민과 불안이 병으로 발전되어 명대로 못 살 수도 있고, 다른 주민들에 의해 쫓겨나든지 재산이 강탈되어 강제로 분배될 수도 있다. 최근의 세계 역사에서 이러한 예는 어렵지 않게 찾아볼 수 있다.

나와 남이 같이 잘 살아야 행복한 사회가 된다. 이웃과 동네가 평화로워져야 나도 평화롭게 살 수 있다. 사회 전체에 가난이 없어지고 질병이 없어져야 나도 건강하게 살아갈 수 있다.

그러기 위해서는 자신의 작은 이익에만 집착하지 말고 다른 사람과 사회를 위해 자신의 이익을 내놓을 수 있는 마음의 여유가 필요하다.

제6장 ≫

아름다운 노년을
위한 준비

살아야 하는 이유 찾기

산다는 것은 어떤 의미를 가질까? 쉬지 않고 숨을 잘 쉬고 있는 것으로 충분할까? 잘 먹고 잘 자고 움직이는 데 지장이 없으면 잘 살고 있다고 할 수 있을까?

사람들은 저마다 살아가는 방식이 다르고 삶에 대한 가치를 부여하는 기준도 다르다. 어떤 사람은 충분하다고 여기는 것도 또 다른 사람은 그것만으로는 살 수 없다고 여기기도 한다. 살아가는 데 필요한 기본적인 욕구 즉 잘 먹고, 잘 자고, 잘 입는 것 외에도 더 많은 욕구가 충족되어야 한다는 뜻이다.

산다는 것 자체가 경쟁의 연속이다. 사람의 심리에는 다른 사람보다 경쟁 우위를 차지하려는 욕심이 있다. 더 맛있는 것, 더 좋은 것, 더 나은 것을 찾으려고 끊임없이 노력한다. 경쟁에서 이기지 않으면 이런 것들을 차지할 수 없다.

하고 싶은 일도 다 다르다. 학문을 연구하고 싶은 사람, 노래를 부르고 싶은 사람, 그림을 그리고 싶은 사람, 운동하고 싶은 사람 등 저마다 하고 싶은 게 있다. 이것도 그저 얻어지는 것은

아니다. 부단히 노력해야 하고 같은 부류 안에서 경쟁을 해야
한다.

살아가는 데 필수적인 경쟁이 꼭 사람과 사람 사이의 경쟁만
은 아니다. 자연과의 경쟁도 있을 수 있고, 다른 동물과의 경쟁
도 있을 수 있다. 이런 많은 경쟁에서 살아남기 위해서 새로운
기계도 만들고, 새로운 물건도 만들어 내면서 우리는 우리의 삶
을 발전시켜 왔다.

그래서 경쟁이 없는 사회는 있을 수 없다. 만약 경쟁이 없는
사회를 만든다면 그 사회는 발전하지 못하고 후퇴하거나 도태될
수 있다. 소련이나 동유럽의 공산주의 국가의 몰락에서 어느 정
도 짐작할 수 있다.

많은 사람이 '살기 어렵다'거나 '너무 힘들다'고 호소한다. 사실
은 힘들지 않은 사람, 어렵지 않은 사람은 없다. 누구나 더 나은
삶을 위해 노력하고 분투한다. 다른 사람은 어떻게 하고 있는지
곁눈질도 해야 하고, 세상이 어떻게 돌아가고 있는지 살펴보기
도 해야 한다.

사람의 심리상 다른 사람보다 더 나아지고 싶은 게 본성이므
로, 다른 사람이 자기보다 더 많이 더 크게 가지는 것 같은 착각
을 하게 된다. 그래서 경쟁의 심리는 계속 재생산이 된다.

'살기 어렵다'거나 '힘들다'고 하는 것의 원인은 대개 자신의 마
음에서 온다. 마음에 활기를 불어넣을 수 있는 동기를 만들어줄
필요가 있다.

우리나라 축구대표팀 감독이었던 히딩크의 말이 떠오른다.

"우리는 아직도 배가 고프다."

이 말로 선수들의 심리에 활기를 불어넣어 월드컵 4강까지 갔던 게 아니었나. 이러한 말은 해야 한다는 동기, 살아야 한다는 동기를 부여하는 것은 물론, 마음속의 불안, 긴장, 어려움을 극복하는 힘을 키워 주고 자신의 능력 이상의 실력을 발휘하게 한다.

자기 스스로 자신이 살아야 하는 이유를 찾아서 계속 되새겨 보는 것도 좋다. 이것은 스스로 나태해지지 않도록 경각심을 일으켜주고, 새로운 활동을 위한 동력이 되어 준다. 어려울 때나 힘들 때가 오더라도 이겨나갈 힘이 되어 준다. 이런 마음으로, 살아야 하는 이유를 찾아 보자.

하나, 가족.

내가 어렸을 적 엄마에게 약속한 게 있었다. '커서 맛있는 거 마음껏 사 드리겠다'고. 그때는 항상 먹을 게 부족할 때여서 먹고 싶은 것 마음대로 먹어 보는 게 소원이었다. 오십여 년이 지난 지금 아직도 이 약속을 지키지 못하고 있다. 다 큰 자식인데 아직도 엄마는 자식 제대로 먹고사는지 그게 걱정이다. 내가 어른이 되면 엄마를 위해 맛있는 것을 챙길 줄 알았는데 상황은 바뀌지 않고 있다. 이 약속을 지키기 위해 나는 더 오래 살아야 한다.

내가 대학 졸업할 무렵 엄마에게 약속했다. '돈을 벌어서 세계 일주를 시켜 드리겠다'고. 당시에는 세계 여행이 먼 나라의 얘기로 들릴 때였지만 요즘은 해외로 여행 가는 게 보편화 되었다.

그렇지만 나는 아직도 이 약속을 지키지 못하고 있다. 이젠 엄마도 나이가 드셔서 오래 앉아 있기 힘든데 언제가 되면 이 약속을 지킬 수 있으려나? 그때를 위해 나는 더 오래 살아야 한다.

내가 결혼할 때 아내에게 약속했다. '나중에 갖고 싶은 거 다 사 주고 호강시켜 주겠다'고. 지금껏 해 준 게 뭐가 있나. 생각나는 게 없다. 해 준 게 없어도 내 처지를 아니까 말을 하지 않고 있을 뿐이다. 그것만 해도 아주 고맙고 미안하다. 그걸 해 주려면 더 오래 살아야 한다.

아들이 초등학교에 입학할 무렵 아내에게 약속했다. '이놈이 대학을 졸업하면 일 년에 한 달씩은 집 밖에서 살자'고. 제주도, 울릉도에서 살면서 바다 구경도 마음껏 하고, 경북 청송 산골에서도 살아 보고, 이탈리아 피렌체에서 살면서 레오나르도 다빈치도 음미해 보고, 아마존 강가에서 낚시하면서 살아 보고, 그때그때 살고 싶은 곳에서 한 달씩 살고 오자고. 그런데 아들이 대학 졸업한 지 몇 년이 흘렀지만 아직 한 번도 지키지 못했다. 이 약속을 지키려면 나는 무척 오래 살아야 한다.

둘, 돈.

돈을 많이 벌어 부자가 되지는 못할지라도 살아가는 데 불편하지 않을 정도는 벌자고 했다. 집과 자동차도 사고 여행도 마음대로 다니자고 했다. 어딘가 가고 싶을 때는 아무 때나 훌쩍 떠나자고 했다.

시골 외딴 산골에서 아이를 만나면 책도 사 주고 기타도 사

주자고 했다. 혼자 사는 불쌍한 노인을 만나면 먹을 것 입을 것
도 보내 주고 보살펴 주자고 했다.

이 중에서 해결한 것은 집과 자동차 산 것뿐이다. 나머지를
해결하려면 엄청나게 오래 살아야 한다.

셋, 아름다운 마을.

젊은 시절에 품은 꿈이 있었다. 사람이 없는 한적한 시골에
좀 넓은 터를 마련하여 뜻맞는 사람들과 함께 살고 싶었다. 순
수한 마음을 간직하고 있는 사람끼리 모여서 서로 믿을 수 있
고, 함께 울고 웃을 수 있는 마을을 만들고 싶었다. 빈부의 차
가 없는 게 가장 중요하다. 그래서 함께 일하고 다 같이 나누어
먹을 수 있는 관습을 만들고 싶다. 그러면 더 가지려고 하는 사
람도 없을 테고 욕심이 적으니 강도나 사기 같은 범죄도 없을 것
이다.

어려울 때는 다 같이 힘을 모아줄 테니 쉽지 않을까. 서로 존
중하고 배려해 주면 즐겁고 행복한 삶이 되지 않을까. 아직도
이 꿈을 갖고 있으니 이 꿈이 이루어질 때까지 오래 살아야만
한다.

넷, 전쟁이 없는 세계.

인류의 역사는 전쟁의 역사라고 한다. 살아남은 사람들은 역
사라는 이름으로 기록하겠지만 죽은 사람들에게는 이도 저도
없다.

인간의 욕심, 종교, 문화 차이에 의해 많은 사람의 목숨이 짓밟히고 있다. 너무나 많은 사람이 전쟁의 피해로 고통을 받고 있다. 세계적으로 전쟁이 없던 시기는 하루도 없었다. 지금 이 순간도 지구촌 어딘가에서는 전쟁하고 사람을 살육하고 포탄을 터뜨리고 있다.

전쟁이 없는 사회를 만들기 위해 내 역할을 찾고 싶다. 세계 각지에서 평화를 사랑하는 사람들을 연결해서 전쟁을 종식하고, 상대방을 인정해 주는 사회를 만들고 싶다. 이를 위해 내가 할 수 있는 역할을 찾아야 한다. 이때까지 나는 살아야 한다.

다섯, 질병이 없는 사회.

주위에 병으로 고통 받는 사람이 너무 많다. 오래 사는 것은 좋지만 질병으로 고생하면서 목숨을 연장하는 것은 끔찍하다. 그동안 많은 질병이 퇴치되기도 했지만 새로운 질병은 계속 생겨나고 있다.

가족 중에 환자가 생기면 나머지 가족도 고통을 받는 것은 마찬가지다. 질병으로 고통받는 걸 옆에서 지켜보는 건 너무 가슴이 아프다.

주어진 명대로 살다가, 아프지 말고 조용히 눈을 감는 사회를 만들고 싶다. 그런 사회를 위해 내가 할 수 있는 역할을 찾아야 한다. 그 날이 올 때까지 나는 살아야 한다.

죽을 수 있는 자유

사람은 자기 의지와 관계없이 태어난다. 그렇지만 태어난 이후로는 자기 의지로 살아야 하고 자기 의사대로 살기를 원한다. 하늘이 인간에게 내려준 권리를 누리면서 살고 싶다는 것이다.

평등하게 살 권리, 자유롭게 말을 할 수 있는 권리, 하고 싶은 일을 할 수 있는 권리, 마음대로 여행을 할 수 있는 권리, 다른 사람으로부터 존중받을 권리 등 인간답게 살 수 있는 권리를 누리는 것이다.

특히 다른 사람으로부터 자신의 생명을 보호 받을 권리가 중요하다. 지나간 역사에서 우리는 많은 교훈을 얻었다. 노예제가 있어서 사람을 물건처럼 사고팔던 시대가 있었고, 그렇게 팔려간 사람들은 개나 돼지처럼 인간 이하의 취급을 받았다.

이런 얘기하면 아프리카의 흑인들이 미국이나 유럽에 팔려간 것만 떠올릴 수도 있지만, 우리나라에도 이와 유사한 상놈 제도가 있었다. 양반이 종을 부리면서 살았다. 노예제보다는 좀 나았겠지만 인간 이하의 대접을 한 것은 분명하다.

자유와 민주가 보편화되면서 사람의 권리는 많이 회복되었다. 평등하게 살아가고, 자유로운 의사로 행동하고, 다른 사람으로부터 존중받는 삶이 인정되었다.

삶의 다음 단계는 죽음이다. 살아 있을 동안에는 죽음을 자각하지 못한다. 실제로 죽어 본 사람은 없다. 그래서 죽음이 어떤 건지 아무도 알지 못한다. 죽음에 대한 얘기는 모두 피상적이다. 경험해 본 사람이 없는데 누가 사후 세계를 얘기할 수 있을까. 누가 죽는 순간에 대한 느낌, 죽을 때의 고통 또는 육체가 느끼는 변화 같은 걸 알 수 있을까.

고통이 심하거나 스트레스를 많이 받으면 '죽고 싶다'는 말을 많이 한다. 또는 '편안한 나라에서 살고 싶다'고 하기도 한다. 그런데 정말 죽으면 편안할까? 나는 어릴 때 죽을까 봐 걱정을 많이 했다. 죽으면 숨을 못 쉬니까 너무 갑갑할 것 같아서.

아버지나 어머니가 간암 말기 진단을 받아서 병원에 입원해 있다고 가정해 보자. 가족 중에 누군가 죽음에 대해서 말을 꺼낼 수 있을까. 당사자가 아닌 다른 가족과는 죽음에 대한 말을 할 수는 있어도 당사자에게 말을 꺼낼 수는 없을 것이다.

'엄마, 너무 고통스러우면 요양 병동으로 옮길까요?' 또는 '끝까지 치료를 받고 싶으세요? 아니면 안락하게 가시고 싶으세요?'

이런 얘기를 하기가 쉽지 않다. 거의 불가능에 가깝다. 우리의 정서로는 어떻게든 치료를 다 하는 것이 효도라고 생각하지만, 그러다가 시간이 지체되면 당사자는 의식도 없어져 의사 표시도 할 수 없다. 게다가 의료 기관에서도 쉽게 인공호흡기를 떼지 못

한다.

이렇게 되면 당사자도 고통이고 남은 가족도 고통이다. 건강할 때 원했던 인간다운 삶과도 거리가 너무 멀다.

지난해 11월 미국의 29세 여성 브리트니 메이나드는 스스로 존엄사를 택해 화제가 되었다. 그녀는 악성 뇌종양 말기 진단을 받고 6개월 시한부의 삶을 선고받았다. 그녀는 남편 생일 다음 날 스스로 죽을 것을 선택하고 동영상 공유 사이트인 '유튜브'에 글과 사진을 올렸다. 그리고 직접 약물을 복용하고 사망했다. 아직은 미국에서도 존엄사가 보편화되어 있지 않아 그녀는 캘리포니아주의 샌프란시스코에서 오리건주로 이사해서 이런 죽음을 실행에 옮겼다. 고통에 겨워 인간답지 못한 삶을 살 바에는 인간으로서 '존엄하게 죽을 권리'를 택한 것이다.

지금의 정서로는 너무 앞서 나간 것 같은 느낌도 들지만 스스로 자신의 존엄한 죽음을 결정했다는 것에 의미가 있다.

이렇게까지 조금은 과격하다 싶은 것 같은 죽음까지는 아니더라도, 적어도 목숨을 연명하기 위한 치료는 하고 싶지 않다. 약물에 의지해서 수명만 연장해 나가기보다는 몸의 기능이 소진해 죽는 자연사를 택하고 싶다.

건강하게 살아 있을 때 이 점을 분명히 하는 게 순리다. 중증 질환이 생기거나 급작스러운 사고로 의사 결정이 어려운 순간이 되면 아무도 이런 결정을 할 수가 없다. 가족들도 현실과 의무 사이에서 방황과 번민만 깊어질 뿐 목숨의 연장에 끌려가기만 한다. 건강한 의식이 있을 때라면 그렇게 치욕적이고 창피하게 산다는 게 용납되지 않을 것이다.

나는 더 살고 싶지 않은 상황을 미리 정리해 보고 싶다.

하나, 치매가 와서 아내, 자식을 못 알아보게 될 때

둘, 대소변을 혼자서 볼 수 없어 다른 사람에게 의존해야 할 때

셋, 심한 불구가 되어 혼자서 외출을 할 수 없을 때

넷, 먹는 것, 씻는 것을 혼자서 할 수 없어 다른 사람에게 의존해야 할 때

다섯, 시각장애, 청각장애가 심해 혼자서 외출을 할 수 없을 때

이런 상황이 닥치면 더 오래 살기 위해 인공호흡기를 달거나, 항생제 투여 또는 인공적인 영양 공급 등으로 연명 치료 하기를 거부한다. 병원에 입원해 있거나 요양원에 갇혀 있는 것도 거부한다.

내 영혼이 숨어 있는 내 집에서 생활하다가 죽음의 전령이 찾아오면 고요히 죽음의 세계로 들어서련다.

자식과의 관계 정리

사업차 독일에 출장 가서 젊은 여자를 만난 적이 있었다. 미혼인 그녀는 남자친구와 동거를 하고 있었다. 물론 결혼을 전제로 해서 동거를 하고 있는데 양가 부모도 알고 있는 사항이었다.

그녀는 직장에서 일하고 있었고 남자친구도 일하고 있었다. 몇 년간 일을 해서 돈이 모이면 결혼식을 올릴 예정이란다. 나중에 다시 출장 갔을 때에는 그녀의 부모도 만났었는데 아버지 또한 직장에 다니고 있었고 중산층에 속하는 가정이었다.

우리나라의 경우라면 대개 부모가 결혼 비용을 부담해서 결혼식을 올리는 게 당연시되지만 독일에서는 부모가 결혼 비용을 부담하지 않는다. 신랑과 신부가 스스로 돈을 벌어서 결혼한다. 그러니 예식도 떠들썩하게 하지 않는다. 교회나 성당에서 간단하게 한다.

독일에는 예식장도 없다. 하객들도 가까운 친척, 친구들만 초청한다. 참석하는 사람들은 신랑과 신부에게 선물을 주는 게 일반적이다. 물론 돈을 주는 경우도 있긴 하다. 그렇지만 그게 일반적인 건 아니다.

이렇게 결혼식을 하니까 비용이 크게 들지도 않고 신랑 신부도 무리해서 비싼 식장, 피로연장, 예물 등을 하지 않는다. 부모에게 기대지 않고도 할 수 있을 만큼의 규모로 예산을 잡는 것이다.

사실 결혼은 두 사람이 만나서 새로운 가정을 꾸리고 앞으로 행복하게 살겠다고 약속하는 자리다. 이때부터 하나씩 하나씩 가정을 만들어 가는 것이다. 살림을 살 수 있는 기구도 마련해 나가고 집도 마련하고 그러다가 아이가 생기면 아이 키우는 재미에 빠져 행복을 느끼는 것이다. 처음부터 모든 걸 다 갖추어서 시작하려고 하면 이런 살아가는 재미를 느낄 수가 없다.

그런데 언제부터인가 우리 사회에서는 결혼식이 당사자를 위한 잔치라기보다는 양가 가족의 체면을 세우는 자리, 또는 부모의 권위를 보여주는 자리로 변해 버렸다. 신랑 신부도 이 기회에 모든 걸 준비해서 새 생활을 시작하려고 한다. 비용이 장난이 아니다.

월급 모아서 결혼 비용 부담한다는 건 꿈속에서나 가능하다.

최근 조사를 보면 신혼부부의 결혼 비용이 2억5천만 원 정도라고 한다. 전셋값 상승으로 주택 비용이 1억8천만 원이라고 하지만 새살림을 시작하는 젊은이들이 마련하기에는 너무 많은 액수다. 그러니 부모는 주택 담보라도 해서 대출 받아 자식 결혼시키고 빚만 떠안는다.

은퇴할 나이에 빚만 늘고 그렇지 않아도 소득이 없어 어려운 생활에 힘든 노후가 닥친다. 자식 결혼 비용으로 대출받은 것 때문에 우울증에 시달리는 사람도 있고, 집 팔고 시골로 이사하여 고생하는 사람도 있다.

결혼 문화에 대해서는 독일처럼 결혼하는 당사자가 스스로 해결하도록 하는 것이 좋겠다. 자식을 애지중지하는 것은 부모 마음으로써 당연하지만 물질로 표시해 주는 것은 옳지 않다. 물질로 주고받는 것은 우리 마음속의 정을 고갈시켜 버린다. 물질은 항상 상대적인 비교를 하게 되어 있다. 주는 사람은 많다고 생각하지만 받는 사람은 항상 적다고 생각한다. 인간의 심리상 어쩔 수 없다.

우리는 교육에도 상대적으로 큰 비용을 지출하고 있지만 이것은 그래도 성인이 되기 위한 준비 과정이라고 치자. 그렇지만 성인이 되어 사회에 진출한 자식에게 물질을 더 주지 못해 안달하는 것은 바람직하지 않다. 그렇게 되기 위해서는 부모의 마음가짐이 매우 중요하다. 성인이 되기 전부터 미리, 스스로 자립해야 한다는 교육을 심어 주어야 한다. 그리고 옆 사람 눈치 보지 말고 냉정하게 대처해야 한다.

대출이자 갚느라 은퇴 후를 고달프게 사는 것보다는 작은 결혼식, 적은 비용으로 스스로 해결하도록 하고, 대신에 노후에 자식에게 손 벌리지 않고 떳떳이 사는 게 훨씬 보기 좋다. 부모로서는 떳떳하고 자식으로서는 부담이 없어 좋다.

요즘 젊은 세대들 중에 부모 봉양을 하겠다는 사람은 드물다. 젊은 사람들도 직장 다녀 번 돈으로 생활하기가 빠듯하다. 월급

모아 집 사기는 하늘의 별 따기다. 자식들 교육비도 하늘을 찌른다. 부부가 맞벌이하지 않으면 살림 유지하기가 쉽지 않다.

이런 상황에서 부모 노후 생활을 책임진다는 것은 어림없다. 부모는 자식이 결혼하는 것으로 부모의 소임을 다 했다 생각하고 노후를 자식에게 의지해서는 안 된다.

재산 상속에 대해서도 생각해 볼 필요가 있다.

죽을 때까지 집 한 채 갖고 있다가 자식에게 물려 주려는 사람들이 많다. 우리는 집에 대한 집착이 강하다. 집이 사는 공간이 아니라 소유하는 재산의 의미로 더 강하게 작용한다. 그래서 노후에 쓸 돈이 없어 궁핍하게 살지라도 집은 갖고 죽겠다는 생각을 버리지 않는다.

젊어서는 일해서 돈 버느라 고생했고, 자식 키우느라 고생했다. 이제 은퇴해서 힘도 빠지고 기력도 옛날 같지 않은데 또 고생길로 들어설 수는 없다. 집을 자식에게 물려줄 생각은 버리자. 집을 담보로 주택 연금을 받든지, 집을 팔고 작은 집으로 옮기고 남은 돈으로 인생을 즐기는 데 쓰자.

궁색한 모습으로 손자들 맞이하는 것보다는 즐겁게 사는 모습을 보여주는 게 더 아름답다. 자식들은 스스로 벌어서 살아가면 된다. 열심히 일해서 모은 것은 죽기 전에 즐겁게 쓰고 가자.

🕐 신체 길들이기

은퇴 이후에 하고 싶은 것에는 어떤 것이 있을까?

하루하루를 살아가기에 바빠서 나 자신을 위해서 여유를 부릴 시간도 별로 없었고, 게으름을 피우기에는 삶이 그리 호락호락하지 않았다. 앞뒤 볼 것 없이 일만 열심히 하며 지내 오다 보니 어느새 정년퇴직이 되어 있고 노인이 되어 있다.

열심히 살아왔으니 마음도 재충전하고 몸도 좀 편안하게 해 줄 필요가 있다. 일하는 동안에 느낄 수 없었던 정서적인 면도 부활시키고 메말랐던 감정도 좀 부드럽게 해 줄 필요가 있다.

기뻐할 줄도 알고 슬퍼할 줄도 알고, 희열을 느끼며 몸을 부르르 떨기도 하고 슬픈 일에는 눈물도 흘릴 줄 알아야 한다. 이러한 감정을 너무 억제하는 것은 몸과 마음을 경직되게 만들어 기능이 정상적으로 작동하지 못하게 한다. 그래서 이곳저곳 아픈 곳이 생기고 병으로 발전한다.

삶의 현장에서 꾹꾹 눌러 왔던 감정을 자유롭게 풀어주고 머리를 맑게 해 줄 필요가 있다. 그러기 위해서는 여행도 다니고 맛집도 순례해 보는 게 좋다.

머리카락이 좀 희끗희끗하고 얼굴에 잔주름이 고르게 잡힌 노인이 바닷가를 거니는 모습은 정말 보기 좋다. 관광지를 여유 있게 거닐며 느긋하게 감상하는 노인을 보면 정말 아름답다는 생각이 든다.

친구나 지인들과 함께 다니는 것도 괜찮지만, 노부부가 함께 걸으며 다정한 대화를 나누는 모습이 더욱 아름답다. 급하게 돌아다닐 이유도 없고 이어폰을 끼고 볼륨 높은 음악을 들을 필요도 없고 스마트폰을 보느라 옆에 사람이 지나가는지조차도 몰라 부딪칠 필요도 없다. 삶을 살아온 무게가 느껴질 만큼 여유 있는 걸음과 간간이 퍼지는 미소가 보는 사람의 마음을 푸근하게 만든다.

지난봄에 남해 다랭이마을로 여행을 갔었다. 바닷바람은 시원하게 불어오고, 파도는 연신 바위를 때리며 물보라를 만들고, 다랭이 밭에는 채소가 싱그럽게 자라고 있었다. 도시의 공해에 찌든 육신을 정화하기에는 충분했다.

다음날 새벽 찬 공기를 마시며 밭길을 산책하고 있었다. 한참 걸으니 맞은편에서 한 사람이 오고 있었다. 옆의 밭에는 농부가 밭일을 하고 있었다. 우리는 자연스레 농부가 일하고 있는 밭머리에서 마주쳤고 셋이 인사를 나누었다.

그는 마산에서 놀러 왔다고 했다. 산책도 하고 시골 농사일도 구경 삼아 밭길을 거닐어 본다고 했다. 농부는 마늘종을 자르고 있다고 했다. 마늘종을 잘라내지 않으면 꽃이 피고 그러면 영양분이 꽃으로 다 올라가서 뿌리가 굵어지지 않는단다. 굵은 마늘을 얻기 위해 꽃으로 자랄 마늘종을 잘라내는 것이었다. 그런데 그걸 일일이 하나씩 잘라내는 게 보통 일이 아니었다. 농사일이란 게 전부 인력으로 하는 거라 손이 많이 간다. 공기 좋은 데 산다고 도시 사람들은 얘기하지만 농부들은 종일 몸이 고달프다.

우리 세 사람은 한참을 그렇게 얘기하고 헤어졌다.

여행이란 이런 것이다. 낯선 곳에서 낯선 분위기에 젖어 보고, 내가 모르는 것을 현지 사람을 통해 배우고, 다른 사람들이 살아가는 것을 통해 내 생활을 반추해 보는 것이다. 모르는 사람들과 여행지에서 만나 서로의 다름에 관해서 얘기해 보는 것도 커다란 즐거움이다.

여행의 즐거움을 맛보기 위해서는 몇 가지 조건이 있다. 걸어 다니는 데 지장이 없어야 하고, 맛있는 것 먹고 소화하는 데 불편함이 없어야 한다. 다리에 힘이 없어 걸어 다닐 수 없으면 여행은 꿈나라의 얘기다. 시골길도 걸어보고, 농가의 뒷담 길도 다녀보고, 바닷가에서 조개도 주워보고, 오래된 비석 앞에서 과거에 살았던 누군가에 대해서 상상도 해 보고, 이런 것이 여행의 묘미다.

돌아다니다가 배가 출출하면 맛있는 집을 찾아서 그 고장의 맛과 향을 느껴 보는 것도 좋다. 같은 채소라도 바람과 햇빛이 다르면 맛이 다르고, 인정과 주인의 정성에 따라 느껴지는 오감은 달라진다. 나이가 들어서 이런 즐거움을 누린다는 게 얼마나 좋은가.

이런 기회를 놓치고 싶지 않으면 평소에 꾸준히 건강관리를 해 놓는 게 좋다. 굳이 헬스클럽을 찾지 않아도 된다. 힘든 운동 종목을 택해 땀을 뻘뻘 흘리지 않아도 된다. 걷기 운동만 꾸준히 해도 된다. 아침저녁으로 아파트 주변을 산책해도 좋고, 가까운 공원에서 빠른 걸음, 보통 걸음을 번갈아 걸어도 좋다. 더 욕심낸다면 주말에는 가까운 산을 오르며 맑은 공기도 마시는 게 좋다.

유산소운동과 더불어 근력 운동도 조금씩 하는 게 좋다. 우리의 몸에는 텔로미어 세포가 있어서 이 세포의 길이가 길면 노화가 늦춰진다고 한다. 텔로미어 세포를 길어지게 하려면 근력 운동을 하는 게 좋다. 역도나 바벨을 들어 올리는 것도 있지만 간단하게 팔굽혀펴기나 앉았다 일어서기 같은 운동을 꾸준히 하는 것도 큰 효과를 볼 수 있다. 아침에 일어나서 방안에서 이걸 매일 하는 것도 좋다. 운동도 평소 생활 습관에서 찾으면 된다. 운동할 시간이 없어서, 또는 운동 시설이 없어서 못 한다는 것은 핑계일 뿐이다. 일상생활에서 운동이 되도록 신체를 길들이는 것이 좋다.

운동을 꾸준히 하면 식욕은 덤으로 얻는다. 소화 기능도 좋아지고, 장 활동도 활발해진다. 육체가 건강해야 정신도 건강해진다.

지하철을 타면 앉을 자리부터 찾는 사람이 많다. 서서 가는 것이 건강에는 더 좋다. 에스컬레이터를 타려고 고집할 필요도 없다. 바쁘지 않으면 계단을 걸어 올라가는 게 좋다. 남들이 엘리베이터 타고 빨리 가는 걸 부러워할 필요가 없다. 계단을 걸어 오르는 게 더 오래 건강하게 사는 길이다. 가까운 거리는 차를 이용하지 말고 걷는 습관을 지니자. 걷는 것은 육체 운동을 해 줄 뿐만 아니라 뇌의 활동에도 많은 도움을 준다고 한다.

이렇게 평소 생활에서 몸을 움직이는 습관을 지니면 굳이 운동시설을 찾지 않아도 충분한 운동 효과를 볼 수 있다.

머리 굴리기

살아있는 동안에는 깨끗한 모습이고 싶다. 구질구질한 옷차림은 피하고 싶다. 가족들을 힘들게 하고 자식들 뒷바라지를 받아야 하는 상황은 피하고 싶다. 엉뚱한 말을 해서 다른 사람을 당황하게 하거나 갑자기 길을 잃어 집에 돌아오지 못하고 소동을 일으키며 살고 싶지는 않다. 깨끗하게 살다가 죽을 때도 깨끗하게 죽고 싶다.

노인이 되어 가장 걱정되는 것 중에 하나가 치매에 걸리는 것이다. 치매는 인간다운 삶을 못하게 하는 원흉이다. 치매에 걸린 사람도 힘들고 피곤하겠지만 같이 사는 가족, 시중들어야 하는 사람까지 지치게 한다. 그래서 심하면 가족으로부터도 따돌림당하고, 친구는 물론 다른 사람들로부터 외면당한다.

자식들이 모시기를 꺼리고, 같이 사는 것조차 불편해서 멀리 요양원으로 보내려고 하는 상황을 상상해 보면 끔찍하다. 이런 상태가 되면 차라리 좀 더 일찍 죽고 싶다. 남겨진 사람들에게 '그 사람 참 깨끗하게 살다 갔어.' 하는 기억을 남기고 싶다.

다른 사람으로부터 손가락질을 받는지 존경을 받는지 죽은 사람이야 알 수도 없지만, 그래도 목숨이 붙어 있을 때 생각해 보면 손가락질받으며 욕을 듣는 것보다는 깨끗한 기억을 남기는 것이 훨씬 낫다.

살아 있을 때 고생을 바가지로 한 자식이 돌아가신 부모를 곱게 회상해 주지 않을 것이다. 어서 기억에서 사라지게 하려고 남겨진 유품조차 하루빨리 치워 버릴 것이다. 자식과의 아름다운 관계는 살아 있을 때 이미 끊긴 거고 유품조차 없어져 버리면 영영 잊힌 존재가 될 것이다.

친구가 어머니 얘기를 하는 걸 듣고 그 친구와 함께 눈물을 흘린 적이 있다. 그의 어머니는 팔십이 넘으셨는데 말년에 아들의 사업 실패로 마음고생을 많이 하셨다고 한다. 그리고 치매가 생겼는데 손을 사용하는 게 잘 안되어 식사 때는 친구가 밥을 떠먹여 드렸다고 한다.

어떤 때는 밥을 다 먹여 드리고 나면 '아저씨 고맙습니다.' 하며 인사를 했다고 한다. 그 말을 듣는 순간 그렇게 눈물이 나더라는 것이다. 항상 그러는 것은 아니고 어쩌다 한 번씩 그렇게 인사를 한다는 것이다. 그 말을 듣고 나도 눈물이 고였다.

사람에게 영혼이란 게 있는지 모르겠다. 있다면 사람이 죽을 때 그의 영혼은 죽을 때의 상태로 고정되어 있을까 아니면 어릴 때의 영혼으로 다시 태어나는 것일까? 육신이 있는 자리로 자식들이 인사하러 올 때 영혼이 나가서 마중해야 할 텐데, 이왕이면 깨끗한 영혼으로 맞이하는 게 좋지 않을까. 영혼조차 치매 걸린 상태로 두고 싶지는 않다.

영혼을 앞에 두고 자식들은 절을 하고 밥을 먹고 옛날 얘기를 할 것이다. 살아 계실 때 부모 때문에 너무 힘들었다는 말을 듣는 것보다는 부모 계실 때가 그립다는 얘기를 듣는 게 좋겠다.

치매에 대한 걱정을 덜기 위해서는 미리 예방을 하는 게 좋다. 치매 예방을 위한 습관(한국치매협회)을 보면 다음과 같다.

> 하나, 머리를 쓰자: 두뇌 운동 지속하기
>> 권장 활동
>> - 낱말 맞추기, 퍼즐, 장기, 바둑, 카드놀이
>> - 책, 신문, 잡지 읽기
>> - 편지, 일기, 엽서 쓰기
>> - 가족, 친구들과 대화하기
>> - 컴퓨터 사용하기
>> - 영화, 공연, 박물관, 미술관 같은 문화 활동 지속하기
>> - 그림 그리기, 음악 듣기, 화초 가꾸기 같은 취미 활동 하기
> 둘, 몸을 쓰자: 규칙적인 신체 활동

머리를 쓰는 활동을 하면 뇌를 자극하여 두뇌의 운동이 될 뿐만 아니라 치매를 예방하는 역할도 한다. 종일 TV를 보거나 스마트폰 화면만 들여다보는 것보다 신문을 읽고 책을 읽는 게 좋다. 요즘은 구청마다 도서관을 운영하고 있어 이용하기도 편리하다. 새로운 책을 읽고 싶은데 비치되어 있지 않으면 신청하면

된다. 그러면 구매해서 비치해 준다. 신문 및 잡지도 여러 종류가 비치되어 있다. 도서관을 이용하는 습관을 들이는 게 좋다.

글을 많이 읽다 보면 글을 쓰고 싶은 생각도 난다.

일기를 계속 쓴다는 것은 쉽지 않다. 인내와 끈기가 필요하다. 그것보다는 여행을 가거나 출장을 갈 때 그곳에서 본 것에 대해 멀리 있는 가족에게 편지를 써 보는 게 더 정감 있고 보람 있다. 말로 못한 표현도 할 수 있고 서먹서먹했던 감정도 글 몇 자로 부드럽게 바꿀 수 있다.

누군가에게서 편지를 받아 본다는 것은 매우 설레는 일이다. 말이란 한 번 듣는 것으로 끝이지만 편지는 두고두고 꺼내 볼 수 있다. 말로는 쑥스러워 못하던 애틋한 표현도 할 수 있다. 부모와 거리감을 느끼는 자식에게도 정이 담긴 글을 보낼 수 있다.

취미로 바둑을 두는 것도 권할 만하다. 바둑의 수는 무궁무진하다. 생각하고 다음 수를 놓아야 하므로 두뇌를 자극하고 훈련하는 데에 부족함이 없다.

중요한 것은 머리를 놀리는 것이 아니라 꾸준히 사용해서 두뇌가 녹슬지 않도록 관리하는 것이다. 이것은 새로운 지식을 계속 받아들이면서 치매도 예방하는 일거양득의 길이다.